FOLIO POLICIER

Didier Daeninckx

Nazis dans le métro

Une enquête de Gabriel Lecouvreur dit le Poulpe

ÉDITION REVUE PAR L'AUTEUR

Gallimard

Didier Daeninckx est né en 1949 à Saint-Denis. De 1966 à 1982, il travaille comme imprimeur dans diverses entreprises, puis comme animateur culturel avant de devenir journaliste dans plusieurs publications municipales et départementales. En 1983, il publie *Meurtres pour mémoire*, première enquête de l'inspecteur Cadin. De nombreux romans noirs suivent, parmi lesquels *La mort n'oublie personne*, *Lumière noire*, *Mort au premier tour*. Écrivain engagé, Didier Daeninckx est l'auteur de plus d'une quarantaine de romans et recueils de nouvelles.

Je tiens la complaisance envers le mensonge, de quelque prétexte qu'elle puisse se parer, pour la pire lèpre de l'âme.

MARC BLOCH
Testament, 18 mars 1941

1

Jaurès et de Funès

Sloga avait lu *L'Indépendant de Perpignan* en avalant un café sans génie à la terrasse des *Trois Grâces*, juste avant de prendre la route. Meurtre d'enfant, purification ethnique, divorce princier, morne saison touristique, relèvement de la tévéa… L'ordure ordinaire. Seule touche d'humanité, l'éphéméride maquettée près de la météo lui rappela l'assassinat de Jean Jaurès, quatre-vingt-un ans plus tôt, jour pour jour, le 31 juillet 1914. Il ignorait que cette disparition avait été compensée, quelques heures plus tard, par la naissance de Louis de Funès. Une conscience bradée pour son poids de grimaces : le siècle était sur de bons rails.

L'autoroute des deux mers serpentait, encaissée. Les mouvements de terre occultaient le passé cathare que les villages troquaient, pierre par pierre : la résistance des anciens agrémentait les étiquettes de vin des Corbières, le sacrifice d'un village drainait les foules communautaires, la foi marginale inspirait des sons et lumières. Il ne leur en voulait pas; le pays entier, république autophage, vivait sur ses restes. Les flots hâlés d'Espagne et d'Italie étaient lentement remontés vers le Nord, lors des jours précédents, et il fut surpris de piétiner à hauteur de Roquemaure. Le piaulement obsédant des S.A.M.U. fit naître en lui l'idée que l'embouteillage constituait une sorte de cortège d'enterrement spontané. Aucun de ceux qui venaient de mourir dans les tôles acérées, au confluent de la Languedocienne et de l'autoroute du Soleil, n'aurait imaginé convoquer tant de monde à ses obsèques. Sloga longea les chapeaux de clown rouge et blanc qui délimitaient le champ des accrochages et l'aire des secours, en essayant de ne pas voir les valises éventrées, l'éclat doré des couvertures de survie, les bouteilles retournées sur les tuyaux de goutte-à-goutte.

Pendant une dizaine de kilomètres, son pied se fit plus léger sur la pédale d'accélération, puis, insensiblement, il retrouva sa pesanteur. Il aimait les longs voyages solitaires. La conduite l'apaisait, et lui qui ne rêvait plus pouvait laisser vagabonder son esprit en toute liberté. Il lui arrivait de parler haut, de chanter, d'aligner des sons pour la seule et obscure signification de leur rythme. Les noms fléchés portés sur les panneaux marron du bord de route étaient autant de pièges à mémoire. Quelquefois un souvenir faisait monter une bouffée de nostalgie. Il se laissait envahir par les fantômes jusqu'au moment où leurs traits se précisaient dans les reflets du pare-brise, flottant sur le paysage mouvant. Il se concentrait alors sur l'étoile à trois branches fichée à la pointe du capot et respirait profondément pour n'être plus en rapport qu'avec le monde tangible. Des viticulteurs en colère occupaient les cabines du péage d'Ury. On s'acquittait du passage pour le prix d'un sourire.

Il posa le tract jaune signé d'un comité « Bidon Futé » sur le siège passager, le lut en diagonale en plongeant sur Paris. Il pénétra dans la capitale par l'un des tentacules de la pieuvre périphérique puis longea les berges domestiquées. Il ne restait pratiquement rien du quartier qu'il sillonnait, gamin. Pas même le nom. Bercy n'évoquait plus le royaume du vin pour personne. Au mieux on pensait au Palais omnisports, mais le plus souvent c'était à l'omniprésent ministère des Finances. La poussière des chantiers filtrait l'éclat des mosaïques de l'usine d'air comprimé, les griffes d'un bulldozer s'attaquaient aux rotondes bétonnées des entrepôts frigorifiques, un rideau de métal ajouré condamnait la rue Watt. Cet effacement d'un monde asservi par le travail présidait à l'érection des silos à livres de la Très Grande Bibliothèque. Quatre pieds massifs et vitrés d'une gigantesque table renversée. Partout, des panneaux annonçaient d'ambitieux programmes immobiliers en front de Seine, et il se demanda encore une fois si la construction de l'Opéra Bastille, de l'Abattoir des Sciences et Techniques, de l'Arche de la Défense, répondait à une nécessité propre ou si leurs implantations n'avaient pas été le prétexte à la reconquête de pans entiers du Paris populaire.

Il traversa les voies d'Austerlitz au pont de Tolbiac, qu'un architecte municipal avait repeint en rouge, blanc et vert comme s'il s'agissait d'une tonnelle de pizzeria. Il actionna la télécommande du parking dès qu'il fut en vue de l'immeuble, au coin de la rue Jeanne-d'Arc. Le nez de la Mercedes plongea vers les fondations tandis que les néons vibraient avant de stabiliser leur lumière d'autopsie sur les carrosseries serrées entre les piliers en béton brut de décoffrage. Il vint se garer entre deux Clio, près de la porte de l'ascenseur, au deuxième sous-sol, rassembla les objets éparpillés dans l'habitacle au cours du voyage. C'est en contournant la voiture pour prendre ses bagages dans le coffre qu'il eut conscience d'une présence. Rien de concret, ni mouvement d'ombre, ni respiration, ni crissement de semelles, seulement le poids d'un regard, d'une attention. Il se figea, la main à plat sur la carrosserie, se retourna pour observer longuement le garage. Il cligna des yeux. Les dizaines de milliers de lignes blanches discontinues peintes sur la chaussée entre Narbonne et Paris avaient laissé leur empreinte sur ses rétines. Il secoua la tête pour dissiper tout autant son trouble que les rémanences. Il s'y prit à deux mains pour parvenir à soulever la valise plombée par le poids des livres. La lumière s'éteignit alors qu'il s'immobilisait devant l'ascenseur. Le bouton d'appel ne lui renvoya pas le clignotement habituel. Il tâtonna pour le localiser, pressa plusieurs fois dessus, en tirant la porte vers lui, d'instinct. Elle s'ouvrit. L'homme se tenait blotti au fond, contre la paroi de la cabine. Le contour de sa silhouette se découpait dans la glace de courtoisie. Sloga recula d'un pas, buta contre un autre homme qui s'était approché de lui sans bruit, dans son dos, en profitant de l'obscurité. Il laissa fuser un ridicule « pardon » avant que les premiers coups ne s'abattent sur lui.

2

Les bretonnades

Gabriel Lecouvreur s'extirpa de la petite Peugeot comme un crabe d'une boîte à chaussures. Les radeuses en pervenche n'avaient pas encore commencé à écumer les caniveaux de ce versant de la place Léon-Blum, et il estimait avoir le temps d'aller prendre son café sans qu'à son retour le pare-brise de la voiture de Cheryl ne soit agrémenté d'un papillon de ville. Le kiosquier, dans sa colonne Decaux, ficelait les invendus de la veille. La production du jour s'étalait en vagues informes et instables sur le comptoir. Gabriel parvint à prélever un *Parisien* et un *Libé* à peu près intacts sans mettre en danger les équilibres précaires. Il fut un temps où le seul fait de voir un type feuilleter le premier de ces canards constituait une véritable déclaration de guerre. Il se surprenait maintenant à trouver plus d'intérêt et de connivence dans cette lecture faubourienne que dans les éditoriaux sentencieux de sa deuxième béquille quotidienne d'information. Pourtant, il était sûr, lui, de n'avoir pas changé…

Un camion de déménagement industriel stationnait devant le tourneur de pieds de table de la rue Godefroy-Cavaignac. Une équipe de costauds taciturnes enfournait des pièces de machines qu'ils sanglaient dans l'antre obscur de la semi-remorque. Gabriel s'approcha du père Alaric, le patron de la fabrique, un Breton rondouillard au teint olivâtre, qui observait le va-et-vient des portefaix depuis une porte cochère. Il lui tendit la main. La pression, sur ses doigts, fut plus que molle : désabusée.

— Ça ne chôme pas, on dirait ! Qu'est-ce que vous faites, vous modernisez, vous virez les vieilles bécanes ?

Le menuisier haussa les épaules.

— Moderniser ? Pourquoi ! Les pieds de table, tu n'as pas besoin de faire ça au laser en pianotant sur Internet tous les matins pour voir si un ébéniste de Fatchakulla n'aurait pas inventé une nouvelle méthode révolutionnaire dans la nuit !

— Qu'est-ce qu'ils font alors ?

Alaric ouvrit la fermeture éclair de la poche ventrale de son bleu, piocha une Gauloise légère dans un paquet cabossé.

— Ça se voit, non ? Je me tire !

Il tendit une cigarette à Gabriel.

— Merci, mais je n'ai toujours pas arrêté d'arrêter… C'est pas vrai, vous vous tirez ? Vous mettez la clef sous la porte ? Les affaires vont si mal que ça ?

La première bouffée de fumée fusa en deux jets égaux de ses narines.

— Tu parles ! J'ai un carnet de commandes aussi long qu'un jour sans pain... Non, c'est le nouveau proprio qui me jette. Il ne trouve plus aucune poésie dans les pieds de table ! C'est ce qu'il y a dessus qui l'intéresse. Ils vont tout casser pour en faire une galerie-restaurant...

— Encore un resto ! On ne risque plus de mourir de faim, dans le quartier... Et vous allez où ? Vous retournez en Bretagne ?

Alaric faillit s'étouffer.

— En Bretagne, moi ! Jamais ! J'y vais même pas pour les vacances ! Il me faut des rues, des troquets, de la bagnole, du métro ! Les générations d'avant ont peut-être eu du mal à muter, mais moi, je suis complètement acclimaté...

Gabriel appuya sa longue carcasse au mur du passage.

— C'est vrai que ça fait un sacré bout de temps... J'ai toujours connu l'enseigne Alaric sur cette baraque...

— Tu peux le dire ! Maintenant, Alaric est à la rue... C'est mon arrière-grand-père qui est venu le premier, du Finistère-Nord, à la fin de l'autre siècle... Des recruteurs exilaient des villages entiers en versant des avances aux parents, aux femmes... Remboursables sur les salaires de la première année. Un peu comme Citroën ou Bouygues avec les Marocains et les Turcs... Là, c'était pour bosser sur les premières voitures Delaunay-Belleville. L'usine était à Saint-Denis, pas loin du quartier de la Briche. Châssis forgé, roues de charrette, structure d'habitacle en bois, sellerie tout cuir... Il leur fallait les meilleurs ouvriers-artisans du pays, alors ils sont allés les chercher en Auvergne, en Bretagne... J'ai pas eu la chance de connaître l'aïeul mais mon grand-père a vécu à peu près la même existence de merde que lui... Au début, il ne parlait pas un mot de français, et le samedi soir, après le turbin, l'ouvrier parisien se décontractait les méninges en faisant la chasse aux « étrangers »... Parce qu'ils parlaient métèque, qu'ils étaient célibataires, qu'ils ne bouffaient pas la même chose que lui. Cassage de gueule systématique... Et tu sais comment ils appelaient ça, ces connards ?

— Non.

D'une pichenette experte, Alaric propulsa son mégot dans l'eau claire du caniveau.

— Des bretonnades ! Tu te rends compte ? Des bretonnades, quarante ans avant les ratonnades... C'est bien la preuve que rien ne change : on s'habitue, c'est tout...

— Et vous allez où ?

— Quand on tue l'idée de province en vous, qu'ensuite on vous expulse du centre, qu'est-ce qui reste ?

Les sourcils de Gabriel Lecouvreur se mirent en position circonflexe.

— Je ne sais pas...

— C'est pourtant simple : la banlieue... Ils m'ont refilé trois mille mètres carrés à Montreuil, le long d'une autoroute. Mosinor, que ça s'appelle... Douze étages enrobés par une piste pour camions. Les trois quarts des lots sont occupés par des boîtes de confection, tout en haut, la terrasse sert de parking aux bennes vertes du syndicat intercommunal de traitement des ordures ménagères ! Le rêve !

— C'est vrai que ça donne envie... Vous devriez vous reconvertir dans la promotion immobilière. Il y a un troquet, au moins ?

— Ouais, quand même, c'est des civilisés : ils viennent d'ouvrir un *Burger King* au rez-de-chaussée... Je vais être obligé de me mettre au pétillant.

Gabriel Lecouvreur remonta vers Ledru-Rollin, *Le Parisien* tabloïd ouvert en pare-chocs, le nez plongé dans les nouvelles de la boule en rotation sur laquelle il tenait en équilibre. Les passants évitaient l'échalas absorbé par la marche du monde. Certains levaient la tête vers lui, les plus âgés lui trouvaient une forte ressemblance avec le Philippe Clay des débuts.

Juchée sur un tabouret bancal, les mollets en extension, Maria inscrivait au blanc d'Espagne la liste des entrées et des desserts du jour sur la devanture du *Pied de Porc à la Sainte-Scolasse*. Lecouvreur s'arrêta près d'elle. Avec le secours du meuble, leurs têtes étaient à la même hauteur. Il l'embrassa, pointa le doigt sur le menu.

— Vinaigrette, ça s'écrit avec un V, pas avec un B... On ne dit pas des « poireaux binaigrette » !

Elle détourna le regard pour vérifier la graphie, par réflexe, et comprit dans le mouvement qu'il se moquait, qu'elle avait bien mis « vinaigrette ». Elle força sur l'accent de Teruel pour lui répondre.

— Yè complends pas... C'est poultant bien des poils aux binaiglettes...

Le patron ne le vit pas entrer, occupé qu'il était à jouer du percolateur. Gabriel salua la quinzaine d'habitués regroupés autour du zinc. Il s'installa derrière la rangée de pots de misères dont les feuilles, dopées par Maria à l'aspirine ou à la décoction de coquille d'œuf pilée, viraient au vert normand. Léon, le berger allemand épileptique, se dirigea vers lui au ralenti, l'arrière-train en dérapage. Il se cogna deux fois le museau contre les chaises au paillage plastifié avant de s'effondrer en soupirant aux pieds de Gabriel. Gérard, qui finissait de servir une série d'une dizaine de cafés et presque autant de calvas, traversa la salle. Il déposa devant lui le bol d'arabica accompagné du croissant quotidien.

— Faut plus filer de sucre à Léon, il devient miro ! Déjà qu'il n'aboie plus…

D'ordinaire Gabriel aurait habillé la gourmandise du clébard de mille vertus, il se serait évertué à soutenir que, dans *Le Banquet*, Platon faisait dire au Philosophe que le palais primait la vue, affirmant que les yeux ne décèlent que la surface des choses, alors que les papilles décryptent la profondeur secrète des saveurs terrestres. En un mot il aurait fait son numéro. Les clients, attentifs, attendaient la joute, mais rien ne venait, Gabriel demeurait immobile, le nez en embuscade sur la rubrique des faits divers. Gérard tenta de relancer l'échange en reniflant bruyamment.

— Tu ne trouves pas qu'il pue ?

La diversion ne rencontrant pas plus de succès, il s'apprêtait à regagner l'abri de son zinc, quand Gabriel leva vers lui un regard dévasté.

— Tu as lu ça ?

Gérard revint sur ses pas, se pencha sur le minuscule encadré que le Poulpe pointait, en pied de page :

AGRESSION EN SOUS-SOL

« Un homme a été retrouvé grièvement blessé dans le parking souterrain du 2 de la rue Jeanne-d'Arc (treizième arrondissement). Le vol semble être le mobile de cette nouvelle agression. La victime, un habitant de l'immeuble, André Sloga, soixante-dix-huit ans, a été conduit dans un coma profond à la Pitié-Salpêtrière. »

Le patron haussa les épaules.

— C'est un truc comme ça qui te met dans des états pareils ! Ils ne respectent plus rien, même pas les vieux ! Des comme ça, on m'en raconte treize à la douzaine, au comptoir...

Gabriel posa le doigt sur le nom mentionné dans la brève.

— Sloga... André Sloga, ça ne te dit rien ?

— Pourquoi, ça devrait ?

— Plutôt, oui... Tu n'as pas lu *Les Innocents*, *Moisson d'enfer* ou bien *Week-end à Nagasaki* ?

Maria, la pointe des seins à hauteur du zinc, s'était installée aux commandes. Gérard, les lèvres en chou-fleur, avoua son inculture.

— Je n'en ai jamais entendu parler... C'est qui, un écrivain ?

— Oui, et pas n'importe lequel... C'est un fils de prolo du sud de Paris... Le père bossait dans un bagne genre Alliages du Rhône, à Vitry. Le dimanche, il actionnait le poumon à bretelles dans les guinguettes des bords de Marne. Anar pacifiste, tendance bringueur et alcoolo… Sloga en parle dans son premier bouquin…

— Maintenant que tu le dis… Je recadre à peu près… C'était pas des sportifs, aussi ?

— Non, mais presque… En 36, au moment de Guernica, le père et le fils se sont engagés dans les Brigades internationales. Ils ont été affectés à la protection des jeux Olympiques ouvriers de Barcelone, une compétition qui devait se tenir en même temps que les Jeux nazis de Berlin à l'ouverture desquels, on l'ignore trop souvent, nos chers athlètes, baron de Coubertin en tête, se sont fendus d'un salut bras tendu au Führer ! Sloga raconte tout cela en détail dans *Les Innocents,* un truc que Gallimard a publié à l'été 40, en pleine débâcle… Presque tout le tirage a été pilonné quand les racés supérieurs ont épuré les comités de lecture…

Maria l'interrompit.

— Je ne le connais que depuis cinq minutes, ton Sloga, mais j'ai l'impression qu'il n'a pas eu tellement de chance dans la vie…

Gabriel arracha une pointe croustillante à son croissant qu'il trempa dans le café fumant.

— D'autant que le bouquin se termine sur la mort de son père, exécuté par les franquistes… Il y a toujours ça dans ce qu'il écrit, les mots, la fiction, la littérature, les dérives, et tout au cœur la vie qui palpite, bien saignante… En gros ce qui manque chez presque tous les autres…

Gérard fit un saut jusqu'au percolateur pour

débloquer la poignée d'un doseur sur laquelle Maria s'escrimait.

— C'est bizarre que tu ne m'en aies jamais parlé avant... On s'est engueulés à propos de Calet, d'Hardellet, d'André Laude, de Bove, et lui, rien. Il est passé au travers des mailles du filet... Tu as une explication ?

Gabriel se pencha au-dessus de son bol, les mains enserrant la paroi d'Arcopal. Les lèvres en avant, à la manière d'une girafe, il aspira d'un coup plus de la moitié du liquide.

— Je l'avais mis dans un coin de ma tête, bien rangé... La mouise ne l'a jamais quitté. Après-guerre Gallimard a sorti une demi-douzaine de titres de Sloga, jusqu'au jour où ils en ont refusé un... Il y parlait trop nettement de la guillotine qui marchait à plein rendement dans les prisons d'Alger, des tortures gestapistes dont l'armée française s'était faite la championne dans les Aurès... C'était en 1955. Il a claqué la porte de la rue Sébastien-Bottin... Vingt ans plus tard sa rage aurait fait un tabac, mais Sloga avait le tort immense de ne parler que du monde en mouvement... Ensuite il a erré d'éditeur en éditeur... Le dernier truc que j'ai lu de lui, c'était *À contre-courant* chez Plasma au milieu des années quatre-vingt. À ma connaissance, il n'avait plus rien publié depuis une bonne dizaine d'années... L'oubli total. La preuve : le type qui a pondu l'article d'aujourd'hui ne savait même pas sur qui il écrivait...

— Passe-lui un coup de fil, qu'il rectifie le tir...

— J'ai bien mieux à faire, dans la vie, que de perdre mon temps à culpabiliser les journalistes !

3

La moustache Lion Noir

Gabriel Lecouvreur récupéra sa voiture à l'instant précis où la contractuelle de la place Léon-Blum arrachait le papillon à la souche. Elle dédaigna la main qu'il lui tendait et, sans un regard pour sa victime, pinça le formulaire sous l'essuie-glace gauche comme l'exigeait la procédure. Les rues d'août, grevées de travaux, obligeaient à d'incessants détours qui permettaient aux statisticiens d'observer que le temps estival des déplacements automobiles parisiens avait une propension à se stabiliser à proximité de la moyenne annuelle. Il traversa la Seine par le pont d'Austerlitz pour venir se garer à l'ombre des voies du métro aérien. L'un des deux gardiens en blouse blanche, dans la guérite, le repéra alors qu'il traversait le terre-plein, d'un air aussi détaché que possible.

Six mois plus tôt Gabriel avait enquêté sur les internements psychiatriques abusifs. Le président d'une association de défense de la personne humaine, qui avait lui-même subi les rigueurs d'un séjour prolongé entre les murs capitonnés, l'avait traîné dans tous les hôpitaux de Paris et de sa banlieue pour lui montrer les équipements secrets dont disposaient les psychiatres de l'Assistance publique. Ce président de faux dingues en rébellion avait un goût prononcé pour la clandestinité. Il avait donné rendez-vous à Gabriel dans un parking infâme du port fluvial d'Austerlitz. Il fallait frapper deux coups longs puis deux coups brefs sur la carrosserie de son estafette d'artisan électricien dans laquelle il se dissimulait, et attendre que, vérification faite, la porte latérale coulisse. Gabriel s'était plié en deux pour entrer dans la carlingue. Le président des maboules persécutés avait quitté sa salopette de dépanneur pour un jean et un chandail. Il avait demandé au Poulpe de patienter, s'était planté devant une glace accrochée à un arceau du châssis pour ajuster une perruque d'un noir de jais sur son crâne chauve. La transformation du personnage avait été complète après le tracé approximatif d'une moustache assortie à la chevelure, à l'aide de l'index droit prélevant le contenu d'une boîte de cirage Lion Noir. L'employé de la Salpêtrière, dans sa cabine, avait vu poindre le couple de très loin. Le sourire narquois qu'il avait affiché sur ses lèvres s'était épanoui en franche hilarité quand, au passage de la barrière, une rafale de vent fréquente en ces lieux avait fait tourner la moumoute du président d'un quart de tour. La tentative de l'électricien pour remettre de l'ordre dans sa pilosité synthétique n'avait fait qu'achever le désastre : la manche du chandail, trop large, était allée se promener sur le nez, la joue, balafrant le visage du président des cinglés rébarbatifs d'une multitude de traits noirs. Gabriel s'apprêtait à rebrousser chemin, mais son guide, ignorant que la perruque était placée devant derrière et que ses moustaches avaient fait des petits, lui décocha un clin d'œil appuyé pour lui signifier qu'il tenait la situation bien en main.

Vaguement honteux, Gabriel Lecouvreur baissa la tête en dépassant la guérite, pour la seconde fois de son existence. Il fila droit sur le bureau d'accueil alors que l'un des gardiens décrochait son téléphone. Il admira les formes d'une Antillaise occupée à remettre de l'ordre dans le tableau des permanences accroché sur le mur opposé, insistant sur la cambrure des reins, puis il se décida à tousser pour attirer son attention.

— Vous pouvez me dire dans quel service se trouve M. André Sloga ? C'est un parent… Il a été admis aux urgences dans la nuit, à la suite d'une agression…

Les ongles nacrés de l'hôtesse crissèrent sur le papier glacé du livre de service, la pointe acérée de son index s'arrêta près d'un nom.

— Il est toujours aux urgences, en service de réanimation… Je suis désolée, mais les visites sont formellement interdites.

Gabriel fit mine de partir avant de revenir sur ses pas.

— Je suis venu spécialement de province pour le voir. Je peux essayer d'avoir des nouvelles par le toubib… Vous savez par qui il est suivi ?

La jeune femme haussa les épaules, consulta à nouveau le registre.

— C'est le professeur Lehmann qui s'en occupe. Essayez toujours, mais ça m'étonnerait qu'il accepte de vous dire quoi que ce soit !

Gabriel se fit éconduire lorsqu'il tenta d'approcher le personnel des soins intensifs pour obtenir quelques informations sur l'état de Sloga. Il patienta en faisant les cent pas dans la cour centrale, guettant les allées et venues des médecins, à l'affût d'une faille dans le système de contrôle. Il finit par se lasser. C'est alors qu'il regagnait la sortie en traversant les pavillons de la Pitié qu'il croisa une infirmière occupée à ramasser des volumes tombés d'un chariot dont les étagères, normalement destinées aux plateaux-repas, étaient chargées de livres. Il se baissa pour glaner quelques *Que sais-je?*, le livret d'une méthode Assimil d'anglais, deux tomes dépareillés de *Jalna*. Il les tendit à la jeune femme.

— Je ne savais pas que la lecture faisait partie des méthodes de soins, dans les hôpitaux...

Elle se releva, tira le bas de sa blouse sur ses genoux.

— Il y a plein de malades qui ne supportent plus la télévision, l'abrutissement. Ils expriment le besoin de lire. Je m'occupe de la bibliothèque...

Gabriel se saisit des derniers livres de poche éparpillés dans le couloir. Il se remit debout à son tour.

— C'est curieux...

Elle mordit à l'hameçon dans le silence qu'il fit peser intentionnellement.

— Qu'est-ce qui est curieux ?

— Oh ! rien... Je viens juste d'apprendre qu'un écrivain est en train de lutter contre la mort, à deux pas d'ici... Et de voir tous ces livres, par terre... Bizarre, les coïncidences...

Le regard de la bibliothécaire s'anima.

— Vous voulez parler d'André Sloga ? Vous connaissez André Sloga ?

— Pas personnellement. Je le connais par ses écrits... Hier encore, je relisais *Les Innocents*... Un chef-d'œuvre. J'aurais vraiment aimé le rencontrer, mais vos collègues ne laissent approcher personne.

Elle poussa son chariot jusqu'à une petite pièce en rotonde aménagée en cafétéria et s'assit sur une chaise.

— Ça ne servirait à rien, vous ne verriez qu'un visage tuméfié avec des sondes dans le nez, la bouche... J'ai lu tous ses livres avec passion, et c'est insupportable de découvrir celui qui vous a donné tant d'émotions dans un état pareil... Je suis infirmière avant d'être bibliothécaire. Croyez-moi, je suis habituée aux pires spectacles... Un blindage épais comme ça... Là, c'était comme la première fois...

— Il est salement amoché ?

Elle dodelina de la tête, perdue dans ses pensées.

— Oui... De la bouillie. On se demande comment il a fait pour en réchapper...

Gabriel se fit la réflexion que c'était là la marque du travail de racleurs professionnels, l'étape suprême d'intimidation qui consiste à laisser la cible dans le sas, un pied dans la tombe, un pied dehors.

— On sait ce qui s'est passé ?

— Pas vraiment... D'après ce qu'on m'a dit, un de ses voisins l'a découvert en train de ramper dans les escaliers du parking de son immeuble, vers une heure du matin. Ce sont les policiers du boulevard de l'Hôpital qui nous l'ont amené. Ils avaient pu établir qu'André Sloga revenait de vacances. Ils pensent qu'il a été attaqué par une bande de rôdeurs qui lui ont volé ses bagages… C'est vrai, aussi, qu'il habitait un drôle de quartier…

— Dans le journal, ils ont marqué rue Jeanne-d'Arc… Ça s'est bien arrangé depuis quelques années, c'est presque devenu résidentiel avec la bibliothèque…

Il comprit à sa moue, son nez pincé, qu'elle ne partageait pas son point de vue sur le standing auquel avait accédé ce coin du treizième arrondissement.

— Vous savez s'il a pu parler ?

— Je l'ai veillé pendant deux heures, en début de matinée… Il était soumis à de brusques accès de terreur, comme tous ceux qui passent par là… Il criait…

— Vous avez pu comprendre quelque chose ?

— Non… En fait, il ne criait pas, il n'en avait pas la force… Il murmurait, mais on comprenait que son intention était de crier… puis il s'est calmé, il a parlé…

— Qu'est-ce qu'il disait exactement ?

— Rien. Des mots isolés les uns des autres, sans signification…

Gabriel se pencha vers elle.

— Quels mots ? C'est important… Essayez de vous rappeler, je vous en prie.

Elle ferma les yeux pendant quelques instants.

— Il a dit plusieurs fois « haut-parleur », oui, c'est ça… « le haut-parleur de la place… ». Ça revenait toutes les dix minutes… Il répétait aussi

« le banc, le banc ». Une fois, une seule fois, il a prononcé un prénom…

Gabriel posa sa main sur celle de la jeune femme.

— Lequel ?

Elle planta son regard dans le sien.

— « Max ».

4

Les peintres frigorifiques

« Max, le banc, le haut-parleur de la place… » Il quitta la Pitié-Salpêtrière en faisant tourner dans sa tête les mots que l'écrivain ânonnait sur son lit de douleur, comme un vieux disque balafré. « Max, le banc, le haut-parleur de la place. » Il s'installa dans sa voiture, demeura un bon moment immobile, les coudes appuyés sur le volant, à chercher la combinaison magique qui lui donnerait la clef de l'énigme. Le banc de Max sous le haut-parleur de la place. Un max de bancs pour le beau parleur de la place. La place de Max en haut du parloir. Parle haut, Max, au ban de la place… Le fracas d'une rame, sur la ligne aérienne, le sortit de sa rêverie. Il mit le contact, fila vers la rue Jeanne-d'Arc qu'il remonta pour atteindre Tolbiac. Avant de descendre, il prit la précaution d'enfourner dans sa bouche deux tablettes de chewing-gum à la réglisse qui s'amollissaient au-dessus du tableau de bord, et de prélever une vingtaine de centimètres de fil à repriser orange sur une petite bobine en bois. Des artistes squatters collaient des affiches multicolores peintes à la main sur les murs, les poteaux, les scotchaient sur les vitrines des commerçants compréhensifs. Si l'on s'approchait assez près et que l'on disposait d'un peu de temps, il était possible de déchiffrer la calligraphie tourmentée des libelles. On finissait par comprendre qu'ils protestaient contre l'expulsion imminente d'une centaine de peintres, sculpteurs, comédiens, des entrepôts frigorifiques désaffectés qui dominaient le faisceau des voies de chemin de fer, à deux pas de la Seine. Gabriel remonta la rue. Il vérifia la présence du nom d'André Sloga sur les étiquettes de l'interphone d'un immeuble d'angle. Il savait que l'écrivain vivait en loup solitaire, qu'il ne faisait pas mystère d'une misogynie alimentée par l'échec de trois mariages, mais il appuya quand même sur la touche pour s'assurer que l'appartement était vide. Il constata qu'on pouvait pénétrer, de jour, dans le hall en actionnant le portier électrique. En revanche l'accès à l'ascenseur, aux étages, était condamné par une porte blindée. Gabriel exhuma du fond de sa poche les « clefs de la ville », cadeau d'un capitaine de pompiers de la caserne de la rue de la Pompe. Le passe-partout s'adaptait à tous les systèmes de verrouillage, du mal bricolé au plus sophistiqué, de Paris comme de sa proche banlieue. Les douze points de sécurité claquèrent avec un bel ensemble, comme un régiment de lèche-cul croisant un maréchal. Le Poulpe se retrouva dans un long couloir gris dont le mur de droite était occupé par trois rangées de boîtes aux lettres. André Sloga disposait de deux boîtes : la première, de taille ordinaire, pour les lettres, et une autre pour les objets volumineux. Gabriel retira la publicité qui avait réussi à franchir elle aussi le barrage électronique, pour constater qu'une dizaine d'enveloppes gisaient au fond du premier bloc métallique. Il s'assura que personne n'arrivait, ni dans un sens ni dans l'autre, lissa le bout de fil orangé de vingt centimètres à l'extrémité duquel il accrocha la masse marron gluante qu'il malaxait dans sa bouche depuis cinq bonnes minutes. Il introduisit le chewing-gum dans la boîte en donnant de brefs à-coups, comme à la pêche, afin de peser sur le papier. Il prenait soin d'humecter la chique sucrée après chaque prise, et il ne lui fallut que quelques instants pour remonter la totalité du courrier adressé à l'écrivain. Sept plis concernaient les à-côtés domestiques qui finissent par bouffer l'essentiel de la vie de tout un chacun : Trésor public, téléphone, électricité, assurances. Il renvoya ces courriers à leur néant pour ne garder que quatre enveloppes dépourvues de la raison sociale de l'expéditeur. Puis il s'attaqua à la boîte à colis. L'association du fil à coudre orangé et du chewing-gum à la réglisse atteignait ses limites. Il fallait passer aux choses sérieuses. La tôle mince de la petite porte ploya sans plier sous la pression de ses dix doigts, et il n'eut aucune difficulté à prendre, du bout du majeur, le seul objet, épais comme un paquet de cigarettes, qui reposait au fond. Le métal reprit sa place initiale dès qu'il le lâcha. Il glissa tout le courrier sous sa ceinture. Il s'apprêtait à sortir de l'immeuble quand le claquement des pointes d'acier de la porte d'entrée résonna dans le couloir. Pour se donner une contenance, il posa la main sur une poignée, mais se retrouva face au vide-ordures. Il n'eut pas le loisir de tenter sa chance une deuxième fois pour atteindre la cage d'escalier. La lumière du plafonnier accrochait déjà ses reflets jaunâtres sur le crâne poli de l'inspecteur Vergeat. Le flic laissa échapper un couinement prolongé. C'était là sa façon de rire.

— Lecouvreur ! C'est pas Dieu possible ! Très sincèrement, tu es la dernière personne que je m'attendais à rencontrer ici, mais en fait, tu es à ta place...

— Ah oui ? Et pourquoi donc ?

— Parce que tu es à ta place partout où ça pue l'emmerde !

Vergeat s'était approché de la batterie de boîtes aux lettres, et il fit mine d'être rassuré en constatant que celle d'André Sloga était garnie. Il se déplaçait d'une manière curieuse, ne cessant de tirer sur les plis de son pantalon, plaquant ses mains sur les poches de son veston, vérifiant trente fois par minute la présence effective de ses boutons de chemise, la solidité de sa boucle de ceinture, le contenu de sa pochette. Un compulsif. Après chacune de leurs rencontres, Gabriel se promettait de décrire le comportement de Vergeat à un psychiatre alcoolique qui fréquentait le *Pied de Porc à la Sainte-Scolasse*, mais sans avoir jamais pu donner suite, le psy ayant dépassé les limites de l'entendement chaque fois que le Poulpe avait voulu aborder le sujet. En vérité, il n'avait pas trop envie d'en savoir davantage sur les rouages calcaires du policier, il souhaitait continuer à lutter à armes égales avec lui, sans le secours de la science. Ce n'était pas le bonhomme qu'il combattait, mais le flic qui, depuis l'enfance, s'était niché en Vergeat.

— Alors, explique... Qu'est-ce que tu fous là ?

Gabriel leva le doigt vers les étages.

— Rien. Je venais visiter une vieille tante...

L'inspecteur plongea les mains dans ses poches de pantalon. Il se palpa les cuisses, sous le tissu.

— Je ne savais pas que cet André Sloga était pédé !

— J'ignore de qui vous parlez... C'est qui ce type, c'est un de vos copains ? Il habite ici ?

Vergeat remonta les genoux, l'un après l'autre, pour tirer sur ses chaussettes.

— Ne joue pas au plus con avec moi, tu n'es pas sûr de gagner... Tu sais pourquoi je ne suis pas surpris que tu sois là ?

— Dites toujours, inspecteur...

— Tout simplement parce que tu pourrais être son fils ! Il flotte la même bouillie dans vos tronches hydrocéphales... Défiance vis-à-vis de l'ordre, haine irraisonnée de l'uniforme, contestation primaire des lois... Des chieurs, voilà ce que vous êtes, des chieurs congénitaux !

Il ponctua sa diatribe par une série de claques sur les pans de sa veste. Gabriel fit mine de progresser vers la porte. Vergeat le bloqua en appuyant son épaule sur le mur.

— Qu'est-ce que tu fous dans les parages ? J'attends toujours ta réponse.

— Écoutez, inspecteur, je ne suis qu'un citoyen ordinaire, et comme tout citoyen ordinaire, je suis libre de me promener où bon me semble sans devoir en rendre compte aux autorités civiles ou militaires… En revanche, je me pose pas mal de questions à votre sujet…

Vergeat décrocha ses lunettes de leurs points d'appui naturels. Il les essuya nerveusement à l'aide de sa pochette qu'il défroissa et replia avec soin avant de la remettre en place.

— Ça m'intéresserait de savoir lesquelles…

— Qu'est-ce qu'un flic inculte comme vous peut comprendre à la vie d'un écrivain de l'envergure de Sloga ?

L'inspecteur se hissa sur la pointe des pieds pour accrocher ses griffes au col de la veste de Gabriel. Les mots sifflèrent entre ses dents trop blanches.

— Tu ne peux pas savoir combien je hais les types de ton espèce… Je ne supporte pas tes airs supérieurs. Je ne rêve pas qu'à ça, mais je te jure qu'un jour je te casserai…

Il prit soudain conscience du ridicule de sa position. Ses doigts lâchèrent le tissu, ses talons reprirent contact avec le carrelage du couloir. Il serra le nœud de sa cravate.

— Je ne sais pas après quoi tu cours, Lecouvreur, mais tu ne trouveras rien… On piste une bande de camés qui squattent les anciens entrepôts d'Austerlitz et qui se paient leurs doses en attaquant les couche-tard, dans les parkings... C'est pas leur premier coup...

— Ce qui est curieux, c'est que ce soit vous que l'on envoie sur une affaire pareille... Je ne savais pas qu'ils avaient créé une brigade de surveillance des parkings, aux Renseignements généraux...

Vergeat redonna du brillant à ses chaussures en les frottant sur l'envers de ses jambes de pantalon, à hauteur des mollets.

— Tu causes, tu causes, et tu ne sais même pas le dixième de ce qu'on tient. Les R.G., c'est comme les icebergs... Ça se passe au-dessous. Dès que le nom d'André Sloga a été pianoté sur le programme de main courante de l'ordinateur central, les connexions se sont faites et sa fiche nous a été faxée... Il nous a vraiment bouffé les couilles, ce pisse-copie, dans les années soixante-dix... Le gros paquet ! Alors on m'a demandé de venir faire un petit tour, pour la forme, même si le client ne donnait plus signe de vie depuis près d'un quart de siècle... On ne lâche jamais le morceau. Aussi simple que ça.

L'inspecteur fronça les sourcils quand Gabriel commença à tirer sur les pans de sa veste pour faire disparaître les faux plis.

— On se sent rassuré quand on vous écoute... Il a dû sacrément vous en faire voir...

Gabriel fit jouer plusieurs fois la glissière de sa fermeture éclair de braguette, faisant naître une série de tics nerveux sur les traits de Vergeat qui, les mains au repos, en oublia un court instant l'état de sa mise.

— Des tonnes... Le pire c'est quand il s'est installé clandestinement avec une Polynésienne sur une île du Pacifique, en pleine zone d'essais nucléaires, vers Mururoa… Les militaires s'en sont aperçus la veille du jour H, et il a fallu décaler tout le programme…

Gabriel fit deux allers-retours de fermeture éclair. Il profita du trouble de l'inspecteur pour atteindre la porte.

— Elle n'est pas de première main, votre histoire : Sloga la raconte en détail dans *Week-end à Nagasaki*… On le trouve encore chez les bouquinistes.

Il traversa le hall à reculons, appuya sur le bouton. Avant que la porte ne claque, il vit Vergeat qui ouvrait les boîtes d'André Sloga à l'aide d'un imposant trousseau de passe-partout pour ramasser les factures.

5

Grand prix ex aequo du Jeune Théâtre du Réel

Gabriel prit un demi en face, au zinc du *Cantagrel*. Alors qu'il passait en revue les lettres de Sloga, il vit Vergeat qui sortait de l'immeuble. L'inspecteur n'était apparemment pas monté dans l'appartement de l'écrivain. Gabriel lutta contre l'envie de s'y rendre tout de suite. Il préféra marcher jusqu'au pont de Tolbiac, pour prendre le temps de réfléchir. Pendant quelques années, il s'était passionné pour l'architecture métallique parisienne. Il serait sûrement devenu ingénieur si la quincaillerie de l'oncle Émile et de la tante Marie-Claude, qui l'avaient recueilli à la mort de ses parents, ne s'était pas trouvée au débouché du passage des Deux-Sœurs, à une centaine de mètres d'un local de crânes rasés baptisé Block 18. Il passait deux fois par jour devant la devanture constellée de posters gothiques d'un groupe de hard rock, le Commando 88, pour aller à la fac. Il ne leur prêtait pas trop attention, jusqu'au jour où le fils d'un avocat connu, qui militait dans un groupe autonome non par rejet familial mais par conviction, lui avait révélé le code des nombres skins : le 18 rendait tout simplement hommage à Adolf Hitler, le 1 pour le A, première lettre de l'alphabet, le 8 pour le H. Quant à 88, c'était encore plus évident, un 8 pour le H de Heil, l'autre pour celui de Hitler. En plus, il suffisait de graisser les deux premiers virages de chacun de ces 8 pour obtenir le sigle SS. La réserve de la quincaillerie recelait assez de trésors pour soutenir un siège. La semaine suivante, deux cocktails Molotov exactement dosés explosaient la vitrine du Block 18 et faisaient brûler, en prime, les deux Harley Davidson du Commando 88. Un mois plus tard, de braves gens du quartier n'ayant pas manqué d'identifier Gabriel et d'en faire profiter la police, il crapahutait, sursis cassé, au cœur d'une forêt allemande noyée sous la neige. Six mois de bataillon disciplinaire qu'il avait mis à profit, contre mauvaise fortune bon cœur, pour parfaire sa connaissance des armes.

Il s'accouda à l'armature du pont, près d'une plaque de fonte qui attribuait la conception de l'ouvrage à l'ingénieur Daydé, à la fin du siècle précédent. Il sortit les quatre lettres de sa poche. L'oblitération de la première indiquait qu'elle avait été postée à Fontenay-sous-Bois cinq semaines plus tôt. Il déchira l'enveloppe, pour en extraire une feuille recouverte d'une écriture minuscule.

Fontenay, le 24 juillet 1995

Élisabeth Puchet
12, rue Maxime Gorki
94 Fontenay-sous-Bois

Cher monsieur Sloga,

Je prends la plume une nouvelle fois, ne sachant pas si mes courriers précédents vous sont parvenus. J'ai obtenu cette adresse (votre adresse ?) au prix de mille difficultés. Aucun de vos éditeurs ne semble avoir conservé de relations avec vous, et ils se disent dans l'incapacité de m'aider à nouer le contact. Par un hasard heureux, mon frère travaille à l'aéroport de Roissy dans le service d'une de vos cousines, et c'est par ce biais que je vous écris.

*Je m'occupe d'une troupe de théâtre qui a déjà à son actif nombre de créations originales tirées de textes majeurs de la littérature contemporaine (*Sang et Misère *de Pierre Bondieff,* La Réplique impossible *de Philippe Duras, grand prix ex aequo du Jeune Théâtre du Réel, par exemple), et mon souhait le plus cher serait de parvenir à monter pour la* *scène votre œuvre à mon avis la plus achevée,* La Relève des Sans-Espoir…

Il replia la missive de l'emmerdeuse sans prendre le temps d'aller jusqu'à son terme. La deuxième lettre émanait d'une société de répartition de droits d'auteur. André Sloga devait se présenter au guichet, rue Ballu, entre neuf heures et midi pour toucher l'avance qu'il avait sollicitée concernant une série de lectures de ses textes sur une radio décentralisée d'outre-mer. La troisième enveloppe contenait une facture mensuelle de tirage de photocopies, de documents et de petit matériel de bureau envoyée par la S.A.R.L. Docutec. La surprise était cachetée dans une minable pochette en kraft, non timbrée, comme seuls en possèdent les services d'aide sociale des villes périphériques. Le message, tracé en capitales sur une feuille de carnet publicitaire vantant les mérites des bières Corona, valait par son laconisme :

DERNIER AVERTISSEMENT

Gabriel retourna plusieurs fois le papier dans ses mains avant de le replacer dans son enveloppe. Le colis comportait, lui, l'adresse de l'expéditeur :

TOUS LES ÉPUISÉS

recherches bibliographiques,

33, rue de la Santé, 75013 Paris.

Le livre qu'il contenait était accompagné d'une lettre-type qui remerciait le client de la confiance accordée aux services de Tous les Épuisés. La couverture du volume ne portait aucune indication hormis le nom d'un obscur éditeur de Narbonne : Sentiers et Terroirs. L'édition, soignée, datait du début des années cinquante. Des linogravures agrémentaient chaque tête de chapitre. Il lut le titre, sur la page de garde : *Les Cinq Sens* de Joseph Delteil. Le passage d'un interminable convoi de marchandises, entre les piles, faisait trembler le pont de Tolbiac, et le déplacement d'air agitait les pages qu'il feuilletait. Son regard capta un paragraphe.

« Toutes les heures, un négrillon passé au ripolin vient s'enquérir de la santé des coccobacilles. Des bandes de négresses, les nichons dans les calebasses… »

Une main s'abattit soudain sur son épaule alors qu'il calait sur le mot « négresses ». L'inspecteur Vergeat approcha son visage du sien. Il hurla pour couvrir le fracas des antiques boggies.

— Drôle d'endroit pour bouquiner, non !

Gabriel désigna les quatre silos de verre, au milieu du no man's land de la zone d'aménagement concerté d'Austerlitz.

— À première vue, oui. C'est qu'ils ont pris du retard dans la construction de ma bibliothèque…

L'inspecteur s'éloigna sans rien demander de plus. Le pare-brise de la Peugeot s'ornait d'un deuxième papillon, une espèce commune qui pullulait dans le treizième. Il le posa sur la collection déjà bien fournie qui attendrait l'amnistie inaugurale du deuxième septennat chiraquien, et mit le cap sur la rue Popincourt.

Il avait à peine posé le pied sur le carrelage du

salon de coiffure que le yorkshire de la stagiaire s'était précipité vers lui, qu'il s'était retourné sur le dos, la langue pendante, les quatre membres agités de tremblements, le cinquième montrant le bout du nez. Gabriel essaya de le remettre sur ses pattes, de la pointe de sa santiag, mais la fourrure de la bête glissait sur le cuir. Les clientes riaient sous casque, et il n'était pas difficile de comprendre, à leurs mimiques, qu'elles imaginaient toutes ce que le mari de la patronne faisait subir à la stagiaire pour mettre un animal de compagnie aussi innocent dans un état pareil. Gabriel ouvrit la porte qui menait à l'appartement. Il réussit à la claquer au museau de l'excité. Cheryl profitait du relatif manque d'affluence de fin de matinée pour se reposer du bavardage des emperruquées, terme générique auquel n'échappaient que deux ou trois habituées du salon. Elle était allongée sur la banquette mauve, au milieu de sa collection de peluches, et visionnait pour la millième fois une sélection des apparitions chantantes de Marilyn Monroe. Il se plia pour l'embrasser dans le cou. Elle se redressa sur ses coudes, faisant saillir sa poitrine.

— J'ai l'impression que tu ne t'es pas embêté, ce matin...

— Pas vraiment... À quoi tu vois ça ?

Elle tendit la main vers son entrejambe.

— Le magasin de farces et attrapes est resté ouvert !

Gabriel fit prestement remonter la tirette de la fermeture éclair.

— Tu te fais des idées. C'est une blague que j'ai faite à Vergeat…

Cheryl actionna les boutons de la télécommande pour rembobiner la cassette.

— Ah bon ! Je vois que vos rapports sont passés au beau fixe… Tu t'amuses au jeu de la braguette qui s'ouvre avec les flics maintenant ? C'est nouveau…

Il s'assit près d'elle pour lui raconter les événements qui avaient occupé sa matinée, de la première amende, place Léon-Blum, à sa sœur jumelle de la rue Jeanne-d'Arc.

Quand il eut terminé, elle était nue.

Le monde n'existait plus que pour les autres.

6

Tous les Épuisés

Gabriel s'était réveillé seul au milieu de la famille Kangourou. Le soufflement lancinant des sèche-cheveux couvrait la rumeur de la circulation. Il écarta les peluches pour rassembler ses vêtements. Il rapporta de son exploration les quatre lettres adressées à André Sloga, ainsi que le livre de Joseph Delteil dans lequel il se replongea. Bien avant Camus, une peste foudroyante s'abattait sur le monde décrit dans *Les Cinq Sens*. Tous les peuples du monde fuyaient en désordre vers le pôle Nord où, semblait-il, le virus perdait de sa force. Le personnage central, Élie-Élie, savant de son état, devenait peu à peu la victime expiatoire. Pour sauver le monde, il se voyait arracher un à un les cinq sens que le Créateur, dans sa grande largesse, avait offerts aux Hommes, comme cinq fleurs éclatantes : l'Ouïe, l'Odorat, le Goût, la Vue, le Toucher. Gabriel, lecteur avisé de romans policiers, avait détecté le salaud en Élie-Élie dès son apparition sous la plume délicate de Joseph Delteil.

« Il était né à Vienne (Autriche) de père youpin mais de mère américaine. »

Il s'était arrêté un instant sur le « *mais* » de rattrapage qui multipliait la force ordurière de la phrase, avant de poursuivre sa lecture.

« Les deux sangs judaïque et yankee s'accordaient dans ses veines comme dans la société moderne. Il devait à leur mélange les traits de sa figure et le sens des affaires. Les valses viennoises, les lentilles d'Ésaü, les porcs de Chicago nourrissaient de leurs aliments complémentaires son âme vague et charnue. Il était délicat comme un archiduc et gros comme un banquier de Wall Street. »

La nausée le prit bien avant la fin du portrait, mais il se força à lire chacun des mots meurtriers.

« Une sorte de force millénaire, enduite de musique et de lard, se dégageait de sa corpulence huileuse, de son visage aux lunettes d'or. Fleur monstrueuse et eunuque, beauté hybride, il alliait en son corps la chair slave et les os neufs, Moïse et Rockefeller. »

Il laissa le volume glisser de ses mains et demeura longuement immobile, le regard braqué sur le plafond de la chambre, échafaudant quantité de scénarios aussi insatisfaisants les uns que les autres pour expliquer la présence d'un pareil ouvrage dans la boîte aux lettres d'un type de la qualité d'André Sloga. Ça ne collait pas. Il descendit l'escalier, poussa la porte d'accès au salon et fila au passage un coup de santiag dans l'arrière-train du yorkshire. La miniature canine couina jusqu'au poste de travail de sa maîtresse pour aller se réfugier sous un lavabo devant lequel une matrone tenait le crachoir. Gabriel fit un détour, embrassa Cheryl occupée à permanenter le sosie son et lumière de Jackie Sardou. Le long du trottoir, la voiture s'était alourdie d'une prune.

Les locaux de Tous les Épuisés tenaient dans une chambre de bonne décorée d'un antique vasistas, au huitième étage d'un immeuble sans ascenseur. Gabriel n'était pas revenu dans le quartier de la Santé depuis la joyeuse manifestation étudiante rassemblée pour conspuer le salaire plus que minimum que tentait alors d'imposer le dernier Premier ministre de droite d'un Président qui s'était dit de gauche. Les éléments épars d'un cortège refluaient sous les hauts murs de la prison, poursuivis par des Compagnons républicains de sécurité avides de travaux pratiques, quand les détenus accrochés aux barreaux de leurs geôles avaient crié, hurlé aux manifestants que toutes les voitures stationnées rue de la Santé appartenaient aux matons de la maison d'arrêt. Toute l'année, ce coin de paradis parisien bénéficiait de la mansuétude des radeuses, et la mémoire des condamnés à perpétuité, nourrie par la seule animation du quartier, avait perdu jusqu'au souvenir de la couleur des papillons tarifés. Les émeutiers eurent vite fait de renverser les Peugeot GTI, les Renault TS, les Citroën ZX, les Mercedes TD dont la sueur aigre des lorgneurs de judas payait les traites. Gabriel s'était retenu d'aider les mômes à y mettre le feu, de peur, à son âge, d'être pris pour un flic entriste.

Il se voûta, s'avança d'un petit mètre dans la pièce surchauffée du fouineur en bibliophilie, poussant légèrement la porte laissée entrouverte dans l'espoir de susciter un illusoire courant d'air. Le plancher grinça, attirant l'attention d'un homme d'une soixantaine d'années qui enfournait des livres dans des enveloppes sans âme, semblables à celle adressée à André Sloga. Son visage ruisselait de transpiration. Des gouttes, lourdes comme les premières pluies d'orage, s'écrasaient sur les couvertures des livres, les factures, les emballages. Il releva la tête, s'assécha momentanément le front à l'aide de sa manche de chemise.

— C'est pour quoi ?

Gabriel ignora la question.

— C'est vous qui vous occupez de rechercher les bouquins introuvables ?

— Pas exactement... Si on veut gagner sa vie, dans ce métier, on s'aperçoit rapidement qu'il vaut mieux trouver des bouquins recherchés...

Gabriel lui signifia, d'un mouvement des traits, qu'il était sensible à l'envoi. Il lut, en s'approchant, quelques titres sur les tranches des livres entassés près du composteur. *Coléoptères andalous* de Jaime Izquierdo, *L'Air des tranchées* du colonel François Dubanchet, *Le Vin dans les spiritualités* de Robert Illier... Il ne savait trop comment s'y prendre avec ce type qui continuait à faire ses paquets, et n'étant pas d'un naturel soupçonneux il décida, dans un premier temps, d'y aller franc jeu.

— Vous connaissez André Sloga ?

L'humide marqua un temps d'arrêt, puis glissa dans une pochette *Les Lettres à une amie défunte* de Clotilde Tempruns dont la couverture s'agrémentait d'une bande écarlate qui annonçait que le recueil avait obtenu le prix Valentine-Abraham-Verlain décerné par l'Académie française à une « poétesse frappée par le malheur ».

— Bien entendu... On nous le demande de temps en temps. Je crois bien que toutes les éditions courantes de ses livres sont épuisées. Il me semble qu'il n'y a jamais rien eu de repris en poche... Pourtant, il y en a quelques-uns qui le mériteraient... Qu'est-ce que vous cherchez de lui exactement ?

Gabriel vint se placer sous le vasistas, ce qui lui permit de se redresser quelque peu.

— Aucun... J'ai tous ses bouquins à disposition... Je l'aide un peu dans ses recherches... Je tape ses manuscrits...

— Il écrit toujours ?

— Il écrivait...

L'homme suspendit son geste, visiblement surpris.

— Comment ça, « il écrivait » ? Je ne savais pas qu'il était mort.

— Pas tout à fait… Vous n'avez pas lu ce qui lui est arrivé ? C'était dans *Le Parisien*, ce matin…

— Si vous croyez que j'ai du temps à perdre dans la lecture des journaux…

Gabriel préleva une feuille de carnet couverte des notes prises en lisant *Les Cinq Sens*, et qui garnissait le fond de sa poche. Il la déplia comme s'il s'agissait d'un document précieux.

— Il a eu un accident assez sérieux, en sortant de sa voiture… J'étais à l'hôpital tout à l'heure. Il m'a demandé tout un tas de choses… Ça part dans tous les sens. Il y a même des trucs que je ne comprends pas !

L'évocation de mystères aiguisa la curiosité du chasseur de papier rare dont les yeux s'allumèrent.

— Quel genre ?

Gabriel replia la feuille, minutieusement, la glissa dans sa poche.

— Je ne vais pas vous embêter avec ça, je me débrouillerai… En ce qui vous concerne, il m'a chargé de dresser la liste de tous les ouvrages qu'il vous a commandés… Il ne se souvenait que du dernier, un titre de Delteil…

Le traqueur d'indisponibles ouvrit le premier tiroir de son bureau pour prendre un imposant registre noir à tranche dorée qu'il compulsa en s'humectant à plusieurs reprises le bout de l'index sur la langue.

— Delteil ! Joseph ou Gérard ? Il faut préciser, des Delteil il y en a plusieurs maintenant.

— C'était Joseph… Un drôle de bouquin…

Il lissa une page du plat de la main.

— Voilà ! André Sloga, 2, rue Jeanne-d'Arc…

Ça va être vite fait : sa première commande, par correspondance, remonte à trois mois... Il a commencé par *Les Décombres* de Lucien Rebatet, *Socialisme fasciste* et *Avec Doriot* de Drieu la Rochelle, deuxième édition N.R.F. de 1943 accompagnée d'une dédicace de l'auteur au chef de la délégation spéciale de Saint-Denis. Il a ensuite pris *Bagatelles pour un massacre* de Louis-Ferdinand Céline, et pour terminer, le mois dernier, je lui ai servi la réimpression Sentiers et Terroirs des *Cinq Sens* de Joseph Delteil.

Gabriel accusa le coup.

— Je vous remercie... On vous en réclame beaucoup de ce genre de livres ?

Le libraire en chambre de bonne laissa un sourire satisfait s'imprimer sur son visage.

— De plus en plus... Ce sont des auteurs qui reviennent à la mode.

7

Serbo-bosno-croato-slovènes

Devant l'hôpital, un clone en blouse blanche de sa connaissance de guérite filtrait la foule des visiteurs. Gabriel traversa sans encombre les pavillons de la Pitié jusqu'à la bibliothèque. L'infirmière culturelle, grimpée sur un petit escabeau d'aluminium, époussetait au plumeau les étagères supérieures courbées sous des amoncellements de livres aux tranches fatiguées. Les extensions de ses bras soulevaient l'arrière de sa blouse, découvrant le haut de ses cuisses cuivrées par des vacances encore proches. Il profita du point de vue le temps du dépoussiérage de deux mètres linéaires, puis, soudain consciente d'une présence, elle se retourna et tira inutilement sur le bas de son vêtement.

— Bonjour...

Elle demeura juchée sur son meuble, le bouquet de plumes multicolores ouvert en direction du plafond, les yeux à l'exact niveau de ceux de Gabriel.

— Bonjour... Je passais dans le quartier. Je me suis arrêté pour prendre des nouvelles d'André Sloga...

Elle posa son coude entre les deux tomes du Petit Robert.

— Elles sont bonnes... Enfin disons qu'elles sont meilleures... Il est sorti du service de réanimation en début d'après-midi. Il se repose maintenant de l'intervention en traumatologie...

— Les toubibs ont établi un diagnostic ?

— D'après ce que j'ai entendu, aucune des lésions n'est irréversible. Il est encore solide pour son âge. Il faudra beaucoup de temps pour que sa constitution reprenne le dessus... Par contre...

Elle marqua un temps d'arrêt. Gabriel se mordit l'intérieur de la joue.

— Par contre ?

— Les conclusions sont plus réservées quant aux conséquences de l'agression sur son état psychique.

— Et ça veut dire quoi, en clair ?

— Nous avons beaucoup d'exemples de victimes qui s'en sortent physiquement, mais qui refusent de réintégrer la dureté du monde réel… Elles se réfugient dans l'aphasie, l'amnésie, la folie… Votre ami présente tous les symptômes d'une évolution de ce genre.

Gabriel hocha la tête.

— Vous pensez qu'il serait possible que je le rencontre ?

— Normalement, c'est interdit. Il se trouve dans l'aile Galpérine, au deuxième étage. Si on passe par le monte-charge de service, on évite le bureau vitré de la surveillante… Je ne vous ai rien dit.

Elle agita son plumeau pour le saluer, du haut de son escabeau.

Deux garçons de salle antillais s'engueulaient à propos de la guerre civile yougoslave, l'un accusant les Serbo-Bosniaques, les Serbo-Croates de purification ethnique, de viols, d'exécutions sommaires, l'autre chargeant Bosno-Serbes et Croato-Slovènes des mêmes maux. Gabriel patienta un moment en les écoutant, près d'une ambulance. Il s'engouffra dans le monte-charge dès qu'ils éloignèrent l'écho oral du conflit vers les couloirs. En sortant, il se prit les pieds dans les montagnes de linge sale déposées sur le sol du deuxième étage, rétablissant son équilibre grâce à un extincteur qui manqua de se desceller sous son poids. Il faillit passer près d'André Sloga sans le reconnaître. Le front de l'écrivain disparaissait sous les bandages qui, mêlés à la blancheur de la taie d'oreiller, soulignaient par contraste le profil ainsi que la profondeur des cavités orbitales. Le blessé souleva les paupières sur le gris unique de ses yeux, au moment où Gabriel s'apprêtait à pousser la porte de la section suivante. Il revint sur ses pas, entra après avoir vérifié que personne ne l'observait. Il s'accroupit entre le lit surélevé et la table de chevet encombrée de remèdes. Il prit doucement la main droite du vieillard dans la sienne, avec l'espoir d'attirer son attention.

— Monsieur Sloga, vous m'entendez ? Monsieur Sloga… André…

Un râle endormi lui répondit, à la vingtième caresse commentée. Il ne se découragea pas. Bien plus tard, après que Gabriel se fut baissé par trois fois pour se dissimuler au regard professionnel des surveillantes d'étage, quelques syllabes éparses hachèrent la longue plainte. Gabriel se redressa un peu pour placer son oreille près des lèvres de Sloga tout en continuant à frotter sa main osseuse. Les syllabes se faisaient plus nombreuses, se regroupaient maintenant pour former des mots. « Place, haut-parleur, Max »… Les mêmes mots que lui avait rapportés la bibliothécaire, en début de matinée. Il s'était fait à l'idée de l'inutilité de cette seconde visite quand Sloga articula une phrase pratiquement complète.

— C'est Max, dans le haut-parleur, la place…

C'était comme si l'effort fourni pour se souvenir d'une apparence de logique grammaticale avait épuisé ses ultimes ressources, car il plongea immédiatement dans une profonde torpeur. Gabriel reposa la main droite de l'écrivain sur le drap. Il sortit de la chambre après lui avoir jeté un dernier regard.

La Peugeot était garée à la pointe formée par les rues Jenner et Esquirol, dans le quartier des aliénistes. Il se débarrassa à la parisienne de la troisième amende de la journée en activant les essuie-glaces tout en mettant le cap sur le pont de Tolbiac. Une voiture de police stationnait devant le numéro 2 de la rue Jeanne-d'Arc, l'obligeant, momentanément, à renoncer à visiter l'appartement de l'écrivain. Il remonta vers le métro Nationale, au ralenti, pour tomber sur Notre-Dame de la Gare, la seule église de la capitale conçue par un architecte ferroviaire. Il avait vu des photos de la nef aux formes inspirées par les vastes salles des pas perdus. Le fronton du papetier installé sur la place détourna son attention du monument. Docutec. Il fouilla dans ses poches pour en ressortir l'une des lettres pêchées dans la boîte d'André Sloga, et qui renfermait une facture de photocopies, de petit matériel de bureau pour un montant de cent trente-sept francs. Son souvenir ne l'avait pas trompé : l'en-tête correspondait à l'enseigne. Il poussa la porte du magasin. Une jeune stagiaire d'une quinzaine d'années taquait une ramette de papier sur la carrosserie d'une Rank Xerox. Elle le salua avant de s'accroupir pour placer le bloc de feuilles dans le chariot d'alimentation de la machine. Gabriel déplia la facture qu'il posa sur le comptoir, entre des présentoirs de Letraset et de stylos Pilot, accompagnée d'un billet de deux cents francs. Elle apposa un tampon « Payé » sous le total avant de lui rendre gauchement la monnaie. Elle rougit lorsqu'il lui fit la remarque qu'il manquait dix francs dans la soucoupe.

— Je n'ai pas l'habitude... Je suis là pour quinze jours, jusqu'à la reprise des cours... J'ai commencé au début de la semaine...

Il fit glisser la pièce bicolore vers lui. Il s'apprêtait à demander à rencontrer le gérant du magasin pour l'interroger sur André Sloga quand, la facture dans une main, la lycéenne se retourna vers une série de casiers repérés par les lettres de l'alphabet qui garnissaient une partie du mur. Elle arrêta son autre main sur le bristol marqué d'un « *S* », tira un sac publicitaire de Gallimard Jeunesse décoré d'une pomme découpée en quartiers, le lui remit en souriant.

— Voilà votre travail, monsieur Sloga... J'espère que ça vous plaira...

Gabriel ne parvint pas à masquer sa surprise. Les mots vinrent à la rescousse.

— Un peu plus je repartais en oubliant de le prendre ! C'est vous qui m'avez troublé...

Il s'éloigna rapidement de la boutique, s'attendant à chaque pas à être rappelé par le patron revenu de la réserve. Ce n'est qu'assis au volant, dans l'abri de la Peugeot, qu'il écarta les bords du sac. Une disquette informatique, dans son étui plastique, était scotchée sur un carton, au-dessus d'une centaine de feuilles recouvertes d'un texte impeccablement dactylographié. Un titre en capitales aussi grasses qu'ombrées s'étalait sur la page de garde :

LA LUNE AU MARAIS

8

Yolanda des Marais

Gabriel Lecouvreur s'était installé au fond de la salle du *Pied de Porc* pour lire ce qui semblait être le manuscrit en cours d'André Sloga en buvant une bouteille de Tinchebray ambrée que brassait, dans l'Orne, un vague descendant d'André Breton. Gérard ne cessait de rôder autour de la banquette en moleskine, balayant le sol, serpillant les tables proches, dégraissant les miroirs. Il picorait quelques mots imprimés par-dessus l'épaule osseuse de Gabriel, puis cherchait un nouveau prétexte pour revenir croiser à proximité immédiate. Gabriel, excédé, plaqua les feuilles sur le formica à l'amorce du huitième passage.

— Je peux lire tranquillement, ne serait-ce que cinq minutes ! Qu'est-ce que tu as à me tourner autour depuis tout à l'heure ?

Le patron du restaurant tira une chaise.

— Ne t'énerve pas... C'est un texte du mec dont tu m'as parlé ce matin ? Celui qui s'est fait tabasser...

— Tout juste. Et j'ai bien l'impression que ce qui est écrit là n'est pas sans rapport avec le cassage de gueule dont Sloga a été victime.

Gérard se pencha.

— Elle est bonne, la Tinchebray ? Comment tu la trouves ?

— Elle dessèche…

— Mais encore ?

Gabriel en avala une gorgée de rappel.

— Je dirais qu'elle est meilleure que la Mora bianca de Bonifacio que tu m'avais servie la semaine dernière, mais elle n'arrive pas à la cheville de la Micheline-Lambic de Clermont-Ferrand…

— Tu as toujours été injuste avec les Corses…

— C'est freudien, ma mère était originaire de Baraglioli, un bled paumé près de Sartène…

— Ça ne m'étonne qu'à moitié… Mais qu'est-ce qui te fait dire que ce qu'il y a dans ce bouquin explique l'agression de ton Sloga ?

Gabriel parcourut les dernières lignes du manuscrit inachevé et se versa le fond de bière ornaise avant de répondre.

— Tu te souviens du meurtre d'une infirmière près de Fontenay-le-Comte ?

Le patron du restaurant se gratta la tête.

— Vaguement… Très vaguement, même… C'est pourtant une histoire qui a fait du barouf à l'époque… Elle remonte à combien ? Cinq, six ans ?

— À peu près… Sloga s'est servi de la trame de ce fait divers pour bâtir son roman. L'hypothèse qu'il avance pour expliquer l'assassinat tient sacrément la route, du moins en fiction…

Gérard lui fit signe d'attendre, et il effectua un détour par le bar pour rapporter deux Micheline-Lambic ainsi qu'une soucoupe emplie de cacahuètes salées et de pistaches.

— Puisque tu aimes ça… Elle consiste en quoi, son explication ?

— Tout d'abord il faut se rappeler que le meurtrier de celle qui, dans le texte, s'appelle Yolanda n'a jamais été identifié… Les gendarmes poitevins ont arrêté puis incarcéré un éleveur de ragondins de Maillezais qu'ils ont été contraints de libérer, un an plus tard, quand les charges retenues contre lui se sont effondrées…

Gérard picora quelques arachides.

— Je revois les grandes lignes, sauf que le reste est complètement effacé… Les ragondins, ça me revient, maintenant que tu m'en parles… C'est un peu comme les castors, non ? Ils bossent avec leur queue…

Gabriel ignora la vanne. Il versa la bière clermontoise dans son bock, jusqu'à la dernière goutte, admiratif de la consistance crémeuse de la mousse.

— C'est assez simple comme histoire. Au premier abord, du moins… Un matin d'octobre, un paysan du marais qui se rend en barque sur son champ découvre le corps d'une femme dans un petit canal de dérivation, à la sortie de Bonvix. Très rapidement le corps est identifié comme étant celui de Yolanda… C'est le nom que lui donne Sloga dans son roman…

— Garde-le, ce sera plus simple…

— Ça va me revenir… Yolanda est la fille d'un industriel de Fontenay-le-Comte. Menuiserie métallique, fabrique de fenêtres en P.V.C., vérandas, serrurerie… Quelqu'un qui compte dans toute la région, d'autant qu'il fait travailler dans ses usines une bonne moitié de la population mâle des cantons de Maillezais et de Bonvix... Dans un premier temps, les gendarmes établiront que la jeune femme a été tuée à coups de couteau portés dans la région du cœur. Après une enquête de voisinage, ils arrêteront un traîne-savates. Ce journalier agricole alcoolique, à la frontière de la débilité, reconnaîtra que le Laguiole retrouvé après des jours de dragage des marais proches est bien le sien. Avant même que le légiste n'établisse que c'est l'arme supposée du crime...

Gérard postillonna de la pistache broyée.

— Il faudrait savoir ! Il me paraît difficile « d'établir que c'est l'arme supposée »... Si on établit, c'est que c'est béton !

— Tout juste... L'ouvrier agricole est resté en cabane pendant onze mois sur la base des conclusions du légiste qui s'était trompé sur toute la ligne... Yolanda n'était pas morte des coups de couteau spectaculaires qui tatouaient sa poitrine, mais elle avait tout simplement été étranglée, puis poignardée par la suite... *Post mortem*...

— Et pourquoi ? Un fou qui s'est acharné ?

— Non. Ce que suppose Sloga, c'est qu'on cherchait très certainement à faire croire au crime d'un rôdeur... Un an après les faits, l'enquête a été confiée à un juge de Niort qui n'a daigné se rendre qu'une fois sur place. Il avait peur de crotter ses souliers. Tout s'est enlisé, et, à l'heure d'aujourd'hui, le véritable meurtrier de Yolanda court toujours.

Le Pakistanais qui était entré pendant que Gabriel parlait avait réussi à vendre des fleurs de jasmin aux trois couples assis en fond de salle.

Avant de sortir, il planta un petit bouquet parfumé au milieu des roses, dans le vase posé par Maria en bout de zinc. Gérard le remercia d'un geste, puis il tapota le paquet de feuilles.

— C'est une histoire des plus classiques... Décor rustique, eau stagnante, vagabond innocent, justice impuissante... Je comprends qu'un écrivain s'y soit intéressé, mais je ne vois pas pourquoi un commando de cogneurs descendrait du marais poitevin pour interdire à Sloga de rédiger un roman inspiré du meurtre de la pauvre Yolanda !

— J'étais sur la même longueur d'onde que toi, au début... Je vais te lire un morceau du texte, tu vas vite changer d'avis.

Gabriel feuilleta le manuscrit et s'arrêta sur un passage qu'il avait souligné au crayon lors de sa première lecture.

— Écoute :

« Ils pénétrèrent dans la cour de la ferme. Bauge de vieil homme, avec poulailler, clapier, bûcher et mare aux canards. Dans le potager choux-patates-poireaux, il y avait un coin de rosiers magnifiques et un grand magnolia fleuri. Mais la maison elle-même était laide et triste, très vieille chose lézardée, recimentée par l'habitant, avec des bouchons de pisé et des gouttières rafistolées. L'intérieur était lugubre et sentait la poussière, la vieille couverture et la cendre froide.

— Eh bien, voilà ! dit Fernand. Vous étiez jamais venue ?

— Jamais, dit Yolanda.

— On pourrait peut-être se tutoyer, proposa Fernand.

— Volontiers...

Elle posa sa sacoche sur la lourde table de cuisine, l'ouvrit et s'assit sur le banc pour préparer ses instruments.

— Baisse ton pantalon, s'il te plaît…

Fernand se retourna. La ceinture cessa de comprimer son ventre. Yolanda tira le slip vers le bas, découvrant des fesses flasques et variqueuses. Le coton imbibé d'alcool délimita une surface de la taille d'une pièce de cinq francs au centre de laquelle elle injecta le poison mortel. Fernand ne broncha pas. Il fit volte-face, le pantalon toujours sur les genoux, le sexe ému, légèrement dressé vers l'infirmière. »

Gabriel reposa les feuilles de papier.

— Alors, qu'est-ce que tu en penses ?

Le patron du *Pied de Porc à la Sainte-Scolasse* trempa ses lèvres dans la mousse épaisse de la Micheline-Lambic. Il fit claquer sa langue en esquissant une grimace de contentement.

— Je pense que tu as toujours le chic pour t'arrêter au moment où ça devient intéressant…

— Donne-moi ton avis au lieu de déconner. Ça m'intéresserait vraiment de savoir ce que tu trouves intéressant…

— Tu joues au con ou quoi ! Quand il se retourne et hisse les couleurs… C'est pareil pour toi, non ?

Ils se connaissaient depuis plus de dix ans, et Gabriel l'aimait beaucoup : Gérard était un ami fidèle sur lequel il savait pouvoir compter dans les pires moments, mais il était bien obligé de constater que les doses de conneries, d'inepties, de lieux communs, déversées à jets continus par la clientèle arrimée au bar, finissaient par lui encrasser les neurones.

— Désolé de te décevoir, mais moi, ce que j'ai retenu du passage en question, c'est : « *Le coton imbibé délimita une surface de la taille d'une pièce de cinq francs au centre de laquelle elle injecta LE POISON MORTEL.* »

— Ce genre de truc, les sados, les masos, moi, je n'imprime pas... Au lit, c'est comme devant les fourneaux, je suis resté d'un traditionnel indécrottable... Le pied de porc à l'ancienne, la position du missionnaire...

— Tu es débile ou tu fais exprès de ne pas comprendre ?

Gabriel se mit à relire les premières pages du manuscrit tandis que Gérard allait demander à son cuisinier, Vlad, de venir assurer la permanence au zinc. C'était un imposant Roumain taciturne originaire de Cioranu, un bled sinistre situé à la frontière moldave. Gérard ne l'installait que rarement derrière le bar car il militait de manière farouche contre l'imprégnation alcoolique et servait les clients en marmonnant des formules condamnatoires entre ses dents larges comme des pelles. Des sermons à faire couler le commerce. Le patron vint reprendre place face à son ami.

— J'ai besoin qu'on soit pédagogue. Vas-y, je t'écoute...

— C'est on ne peut plus simple... Le bouquin d'André Sloga s'ouvre par la découverte du corps de Yolanda, l'arrestation du chemineau par les gendarmes de Bonvix, ça suit par l'enterrement de la victime… Le tout écrit au cordeau, un drame paysan, un peu dans la manière de Maupassant… Tiens, juste quelques lignes pour comprendre l'originalité de Sloga…. C'est l'arrivée de cousins éloignés dans le cimetière. On a l'impression d'y être… *« Les gens du pays avaient, eux aussi, des regards obliques. Le couple se sentait épié. La femme avait une veste vague à petit col de fourrure de nylon, les mains dans les poches, un peu frileuse comme quelqu'un qui aurait voyagé depuis l'aube. À côté d'elle l'homme paraissait grand, visage rasé, épaules larges et ventre plat dans un peigné feuille morte un peu fripé par la route. »* Quatre phrases, et tu fais partie de la famille ! C'est du costaud, oui ou non ?

— D'accord avec toi, Gabriel, la littérature, c'est comme ça que je l'aime, un peu fripée par la route…

— Moi aussi. Ensuite tout le texte, du moins ce que j'ai pu en lire depuis tout à l'heure, est organisé en une succession de retours en arrière. Ce sont d'assez courtes saynètes structurées pratiquement toutes de la même manière. Sloga campe un personnage et son environnement, puis Yolanda fait irruption dans sa vie en le poussant à ses limites. Elle se conduit comme une véritable allumeuse et n'accepte d'éteindre l'incendie que si cela lui sert davantage encore que la gestion de la frustration du partenaire…

— Une belle salope !

— Non, ce serait trop simple, on n'est pas dans du Robbe-Grillet.

Gérard observa son cuistot moldave à la dérobée.

— Ne crache pas sur le polar, Gabriel, tu sais bien que j'ai apprécié son *Mystère et boules de gomme*...

Gabriel se contenta d'un haussement d'épaules dédaigneux.

— Comme tu l'as sûrement compris, Yolanda exerce la profession d'infirmière libérale à Bonvix. Elle connaît tous les culs de la région. Elle sait les identifier rien qu'au toucher, comme l'écrit Sloga... Il y en a certains qu'elle met en pratique : ceux du pharmacien, des deux médecins, du vétérinaire ainsi que celui d'un chirurgien de Fontenay-le-Comte qui vient passer ses week-ends dans une maison de famille. Personne n'ignore ses parties de jambes en l'air, et elle traîne dans tout le pays une réputation bétonnée de nymphomane...

— C'est assez injuste, j'y vois plutôt une remarquable fidélité au corps médical...

Il ignora la vanne, bien que plaisante, et poursuivit.

— Le Fernand qui t'a tant ému, tout à l'heure, Sloga nous explique qu'il a tenté son coup sur la base des rumeurs qui traînaient dans le secteur sur l'infirmière, mais la môme Yolanda s'est contentée de lui tapoter amicalement le bout du nœud avant de ranger son matériel. En gros, il faut comprendre qu'elle ne couchait qu'utile. En une dizaine de chapitres, on assiste à l'injection mortelle du virus dans le système immunitaire du Fernand et des cinq toubibs ou assimilés...

Gérard écarquilla les yeux.

— Ah, d'accord ! Le virus... Je n'avais pas réalisé qu'elle leur refilait le sida ! Je comprends qu'elle se soit fait buter ! C'est lequel qui s'en aperçoit le premier ?

— Tout le problème est là ! C'est peut-être l'un des six, ou un complot de l'ensemble, comme dans les *Dix Petits Nègres* d'Agatha Christie… Ou comme dans *Les Cinq Sens* de Delteil, avec Élie-Élie… La peste… Le sida…

— Là, je suis largué…

Le Poulpe poursuivit son raisonnement sans lui prêter attention.

— À moins que ça ne vienne de l'extérieur. Seul André Sloga a la réponse, ou plutôt « avait » la réponse… Son cerveau patine dans la choucroute depuis qu'il s'est fait bretonner. Il ne prononce plus que quelques mots : « Max, haut-parleur, banc et place » ! Même l'inspecteur Colombo en avalerait son cigare…

— Il n'y en a pas un qui s'appelle Max dans le manuscrit ?

Gabriel inclina la bouteille de bière clermontoise. Une goutte rousse consentit à s'aventurer sur le bord du goulot.

— Tu es vraiment abonné à la Bibliothèque verte, toi ! Le tâcheron aligne de la psychologie de bas étage, des solutions toutes faites et le petit commerce s'esbaudit, frappe des mains et en redemande… Tu parles que c'est la première chose que j'ai vérifiée… J'ai même creusé l'hypothèse… Pas de Max, de Maxime, de Masque, de Lebanc, Laban, Laplace, Deleplace… Rien, pas la queue d'un !

Le cafetier se tortura les méninges pour sauver la face.

— Mon boulot, c'est de composer des plats, des cocktails, de marier les saveurs, les couleurs, d'harmoniser pour les yeux, le nez, le palais, pas d'autopsier, d'analyser, de disséquer… C'est bon pour toi ! Je suis partisan du naturel, pas du fabriqué… Et là, dans ton histoire, il y a deux choses qui me chiffonnent…

— Lesquelles ?

— Premièrement, je me demande vraiment pourquoi cette petite s'amuse à flinguer le personnel médical du marais poitevin d'aussi affreuse manière. Il doit bien y avoir une raison. Deuxièmement, je n'arrive pas à comprendre ce qui pousse une fille de bonne famille, dont le père tient la moitié de la région sous sa coupe, à embrasser la prosaïque vocation d'infirmière libérale ! C'est le bagne de la médecine ! Leurs rejetons les moins doués se recasent au minimum comme dentistes : à ce qu'on dit, c'est une spécialité pour laquelle on ne demande pas plus de diplômes que dans la charcuterie en gros.

Gabriel rangea le manuscrit dans la chemise. Il posa la disquette informatique par-dessus.

— Félicitations, j'en suis arrivé aux mêmes conclusions. Pour répondre à ta première interrogation, je penche fortement pour la thèse de la vengeance. J'ai l'impression que la petite Yolanda exécute le personnel soignant bonvixois selon un plan rigoureusement établi. Le Fernand se fait piquer la couenne pour un problème nerveux, le pharmacien est sujet aux spasmes, l'un des médecins a de l'asthme, l'autre des allergies, le véto soigne un psoriasis géant, le chirurgien enfin est accro à la morphine... Le pourquoi de la chose m'échappe totalement. Mais si jamais elle a choisi, d'emblée, la profession d'infirmière pour mener son plan à terme, c'est que ça remonte à des dizaines d'années, et je te laisse imaginer le poids qui lui pesait sur les épaules ! Ceux qui l'ont tuée étaient prêts à tout pour que leur secret ne soit pas menacé... Si Sloga s'est retrouvé dans la position du légume à la Pitié-Salpêtrière, c'est qu'il avait réussi à trouver la solution au problème.

— Tel que je te connais, tu ne vas pas tarder à aller faire un tour dans le marais.

Gabriel se leva, le roman de Sloga sous le bras.

— Je fais un crochet par chez Weston pour m'acheter une bonne paire de cuissardes, et je file.

9

Racontars et ragondins

Gabriel quitta l'autoroute Aquitaine alors qu'on entamait les infos de neuf heures sur France-Inter. Il s'arrêta près de la cabine téléphonique qui faisait face au péage. La stagiaire au yorkshire décrocha, le sèche-cheveux en action dans l'autre main. Elle lui apprit, en forçant sur les aigus, que Cheryl venait de partir, une heure avant la fin de la nocturne, pour subvenir aux besoins du ménage en vivres frais. La bestiole jappait à ses pieds, comme si son sixième sens l'avertissait que c'était l'objet de ses élans qui appelait.

— Vous pouvez lui dire que je suis obligé de m'absenter, et que je ne rentrerai pas avant demain ou après-demain ?

Il entendit un petit cri dans le répondeur et crut un instant qu'elle s'était brûlée en approchant la soufflerie de son oreille en lieu et place du téléphone, puis comprit qu'il s'agissait d'une protestation de l'emperruquée qu'elle avait entre les mains.

Il suivit la Sèvre niortaise sur une dizaine de kilomètres, traversant des villages endormis aux maisons basses, comme écrasées par le poids du passé et des traditions. Des paysans courts sur pattes se retournaient sur le passage de la Peugeot, et leur regard cherchait dans les numéros de la plaque minéralogique une explication à cette tardive intrusion. Bonvix étirait son ennui de chaque côté de la rivière. L'église, la mairie, l'inévitable Crédit agricole occupaient le cœur du gros village. L'amorce d'une rue regroupait les commerces de base avant d'être interrompue par un étroit pont de pierre qui obligeait les véhicules d'aval à marquer le pas. Les plaques de cuivre des avocats, notaires et médecins brillaient dans la lumière électrique des faux becs de gaz, et le néon vert alternatif du pharmacien jetait une lueur froide sur les façades sans charme. Il poussa au bout du bourg. Les maisons s'espaçaient, se rapetissaient, se renfrognaient, jusqu'à ressembler à la bauge de Fernand que décrivait Sloga dans son texte. À cette heure, l'eau était à son étiage ; les barques de bois reposaient à demi sur le fond vaseux. Une odeur de vieille terre rancie, d'herbes spongieuses, de fraîchin montait de la tranchée. Elle envahissait l'habitacle par la fenêtre ouverte. Il crut deviner l'ombre poussive d'un gros rat, sur la route, alors qu'il découvrait l'enseigne du *Ragondin*. Le parking aménagé dans un champ bordé d'ajoncs jouxtait de petites plates-formes utilisées par les pêcheurs à pied sec. Il entra dans l'auberge. La salle semblait avoir été creusée dans le sol. Il fallait descendre trois marches massives pour ne pas se fracasser la tête contre les solives de chêne. Les quinze ou vingt personnes, des hommes pour la plupart, qui se pressaient autour du bar constitué de rondins empilés firent silence. Elles l'observèrent de longues secondes quand, voûté, il traversa la pièce jusqu'au petit guichet que décorait l'affichette réglementaire annonçant le prix des chambres, près du tableau des clefs. La patronne était, elle aussi, une créature du marais : nez alvéolé de batracien, peau et poils épais, yeux globuleux, souffle lourd, membres courts... Elle lui décrivit sommairement une chambre qui donnait sur les boqueteaux. Il l'accepta sans même demander à la voir avant de revenir s'installer, dépourvu d'enthousiasme, devant l'entrée du jour : une tranche grise de terrine de poissons d'eau douce. Il commanda une bière du cru, une Angle blanche, qu'on lui servit nature, sans la détestable tranche de citron mal rincée ou l'olive piquée qu'y jettent les loufiats parisiens. L'apparente tristesse de la terrine s'avéra trompeuse, la fadeur de la tanche, du gardon et du brochet était heureusement combattue par un délicat équilibre de plantes aromatiques, et c'est avec vaillance qu'il attaqua l'omelette aux girolles qui suivait. Quand il monta dans sa chambre, une heure plus tard, les consommateurs arrimaient toujours leurs coudes aux rondins. Il les salua, mais personne ne lui répondit.

Sa première visite, le lendemain, fut pour le pharmacien. Il ne ressemblait en rien au portrait que Gabriel s'était fait de lui après la lecture de Sloga : rachitique et souffreteux, observant le monde derrière des lunettes posées sur l'extrémité du nez, traînant sa carcasse infectée le long de ses bocaux, de ses potions. L'apothicaire promenait un physique de boucher dans sa boutique, le torse rebondi, des mains comme des poêles, les pommettes saillantes. Il avait un regard franc qu'il planta dans celui du détective. Le Poulpe bredouilla un besoin d'aspirine. Le pharmacien glissa la boîte dans une pochette caducéenne, lui rendit la monnaie sur le billet de cinquante. Gabriel fit deux pas vers la sortie avant de se retourner.

— Excusez-moi, mais ça fait longtemps que vous êtes là ?

Les lèvres de l'homme s'animèrent d'un sourire teinté d'ironie.

— Pourquoi me posez-vous cette question ? Vous avez des vues sur le commerce…

— Non, je suis tout aussi incompétent en immobilier qu'en pharmacopée… C'est simplement que j'étais journaliste, dans le temps. À l'époque, j'ai suivi l'affaire Audiat, cette jeune femme qu'on avait retrouvée près d'une petite écluse, dans le marais…

L'évocation du crime le rendit méfiant. Son visage se ferma.

— On en a beaucoup trop parlé de cette histoire, à tort et à travers… Les gens d'ici préfèrent oublier… La presse leur a fait beaucoup de mal.

Gabriel fourra le médicament dans sa poche.

— C'est un peu pour ce genre de raisons que j'ai changé de boulot… J'ai abandonné le journalisme, justement… Maintenant je fais de la mise au point de manuscrits, de la révision… Ce qu'il me faut, c'est du calme, de la concentration. Je me suis souvenu du coin. Je me suis dit qu'en fin de saison c'était l'idéal…

— Question calme, vous ne pouviez pas trouver mieux : avec ce que je vends comme somnifères et antidépresseurs, on ne risque pas la moindre crise de nerfs à vingt kilomètres à la ronde ! Il paraît qu'avec tout ce qui se rejette dans les eaux usées, même les poissons soignent leurs dépressions.

Gabriel fronça les sourcils, pour le persuader qu'il réfléchissait.

— Je crois bien que j'étais entré dans votre officine, en vue d'une interview, mais je n'arrive plus à mettre un visage sur celui qui se tenait à votre place…

— Vous n'aurez plus l'occasion de rencontrer son regard qu'en photo… J'ai pris sa succession il y a quatre ans, il était déjà bien malade. Il est mort quelques mois plus tard…

Gabriel se pencha vers le pharmacien.

— Il est mort de quoi, si ce n'est pas indiscret ?

— Ici, quand on en parle, on dit que c'est la fièvre du Marais…

10

Toubib or not toubib

Gabriel longeait l'embarcadère. C'était de là que les barques plates, chargées des derniers touristes de l'année, gagnaient les canaux de l'arrière-pays. Des hommes entre deux âges échappaient, le temps d'un été, au R.M.I., en plongeant de longues gaffes dans les profondeurs visqueuses. Ils s'arc-boutaient sur le bois, leur corps en déséquilibre au-dessus des eaux, puis d'un coup de reins propulsaient l'embarcation vers l'avant. Ils lui imprimaient la trajectoire voulue en laissant traîner l'extrémité de la gaule à la surface de la rivière. Les gamins scrutaient les berges, à la recherche de ragondins, les femmes souriaient, heureuses. Les hommes, l'œil collé au viseur de l'autofocus ou à celui du caméscope, fixaient cette réalité recadrée dans une éternité de pellicule. Sur la place, une jeune femme à la tignasse bouclée, au profil de mouton, tentait d'ouvrir la serrure de la porte du vétérinaire. Gabriel l'observa un instant avant de s'approcher.

— Vous voulez que je vous aide ?

Elle se retourna vers lui, et il put constater

qu'elle était légèrement moins laide de face que de profil. Elle lui tendit le trousseau.

— Oui, je veux bien... Je n'y comprends rien, ça ne marche qu'une fois sur deux...

Il examina la dizaine de clefs presque jumelles, une à une, puis s'accroupit afin de détailler la forme du mécanisme. Il engagea une clef autre que celle avec laquelle la femme s'escrimait, et fit jouer la gâchette, sans effort. L'inconnue prit dans son sac un mouchoir, renversa dessus le contenu d'un échantillon d'eau de Cologne. Elle le pressa contre son nez, sa bouche, puis elle entra dans la salle d'attente dont les murs étaient décorés de reproductions bon marché représentant des chats, des chiens, des oiseaux, des tortues. Une couche de poussière voilait les couvertures des vieux magazines qui jonchaient le sol. Une odeur fétide et composite, pareille à celle qui imprègne le sillage des taxidermistes peu soigneux, semblait s'être déposée par strates successives dans le local. On en découvrait la variété écœurante à chaque mouvement. Gabriel, qui s'était pourtant prudemment tenu sur le seuil, recula en suffoquant.

— Quelle horreur ! C'est quoi ? On se croirait dans une morgue en grève !

La jeune femme aux traits disgracieux avait traversé la pièce pour ouvrir les deux fenêtres, sans respirer, comme en apnée. Elle rejoignit Gabriel sur le trottoir pour éventer ses vêtements, aérer sa chevelure. Elle respira par à-coups au travers de son mouchoir. Il pinça le nez.

— Mais d'où ça pue donc tant ?

Elle sourit pour montrer qu'elle avait compris.

— Le vétérinaire que je dois remplacer est mort depuis un mois…

— À mon humble avis, il serait temps d'enlever le corps, sinon ça va prendre encore des semaines avant de s'apaiser…

Son sourire s'épanouit vraiment.

— Rassurez-vous, il était à l'hôpital quand cela lui est arrivé… Le problème, c'est que personne ne le secondait et qu'il a tout laissé en l'état… L'odeur vient du congélateur… Il est rempli à ras bord de bestioles mortes qu'il fallait faire enlever d'urgence par les services spécialisés, mais l'E.D.F. n'a rien trouvé de mieux que de couper l'électricité ! Je me doutais que ce ne serait pas facile de m'installer à Bonvix, mais là, je suis servie !

— Vous venez d'où ?

— De Rueil-Malmaison. J'en avais marre des pépés à toutous et des mémés à matous…

— Je comprends ça : ma femme s'occupe aussi d'animaux à poils longs. Elle craque plus souvent qu'à son tour…

— C'est drôle ça ! Vous êtes marié à une véto ?

— Non, à une coiffeuse.

Elle s'appuya contre son bras et se laissa aller à rire. Il pointa le doigt vers la minuscule terrasse du seul troquet de Bonvix, le *Bar Gantua*, qui faisait face à la gare désaffectée.

— Je vous offre un café, le temps que l'air se renouvelle ?

Elle jeta un coup d'œil à sa montre, indécise.

— Il ne faut surtout pas que je loupe les récupérateurs de cadavres. Ils ne devraient pas tarder…

— On les verra arriver. De là-bas, on ne peut pas les manquer.

Ils s'installèrent à l'une des deux tables qui prenaient le soleil timide du milieu de matinée. En fait de café, ils commandèrent deux Angle blanches qui arrivèrent affligées de rondelles de citron que le barman s'était heureusement contenté de ficher, suintantes, sur le rebord du bock. Gabriel leva son verre après l'avoir débarrassé de l'intruse.

— À votre installation !

Ils firent pétiller la mousse sur leurs lèvres. Gabriel savait qu'il lui fallait se taire, mais il n'eut pas à faire d'effort puisque ce fut elle qui relança la conversation.

— Vous êtes en vacances dans la région ?

— Non. Pour ça il me faut la mer, les palmiers, les coraux, qu'au minimum ça parle créole... Je me suis mis au vert.

— C'est l'endroit idéal pour ça. Vous travaillez dans quel secteur ?

— Je bosse pour un éditeur, je relis des manuscrits, j'améliore la prose des romanciers, je muscle les phrases, je donne du tonus aux paragraphes, je charpente les chapitres... On pourrait appeler ce boulot *« professeur de remise en forme littéraire »*...

— Je crois que c'est quelque chose qui me passionnerait...

Gabriel la joua grand seigneur.

— C'est surtout frustrant... Vous ne pouvez pas savoir ce que ça fait de voir un type dont on a remis à flot le bouquin naufragé se pavaner sur le plateau d'une émission littéraire, et rosir de plaisir quand le Pivot de service flatte la qualité de son style ! J'ai eu de futurs prix Goncourt entre les mains... Si je vous lisais l'original, vous croiriez que j'exagère...

— Je ne savais pas que cela se passait de cette manière...

— Oh ! c'est dans tous les métiers pareil. Par exemple, dans votre domaine, la médecine... Toute une équipe travaille pendant des années sur un virus, mais quand on découvre le vaccin on ne dit pas que c'est le vaccin de l'équipe du professeur Machin. Il n'y a qu'un nom sur le formulaire de demande d'attribution du prix Nobel : Machin, un point c'est tout ! Au fait, il est mort de quoi, votre prédécesseur ?

Elle le regarda, amusée.

— Pourquoi me demandez-vous cela ?

— Par sécurité... Hier j'avais un peu mal à la gorge, alors je suis allé chez le pharmacien. C'est un nouveau lui aussi... Celui d'avant a passé l'arme à gauche des suites de la fièvre du Marais, d'après ce que les gens disent... Si c'est également le cas du vétérinaire, je préfère prendre mes précautions...

Elle leva le bras pour commander une deuxième tournée d'Angle blanche, et baissa la voix dès que le garçon eut tourné le dos.

— Vous avez raison, ils sont morts tous deux de la même maladie, mais elle n'a rien à voir avec le Marais...

— Qu'est-ce que c'est alors ?

Elle se pencha à son oreille.

— Le sida... Personne n'ose prononcer le nom...

— Le sida ! Quelle saloperie ! J'ai entendu dire

qu'on pouvait le choper chez le dentiste, ou avec une aiguille d'acupuncteur mal stérilisée... Eux, ils l'ont attrapé à cause de leur boulot ?

— Non, c'est une folle qui leur a inoculé le virus, il y a cinq ans... Ils ne sont pas les seuls : les deux toubibs de Bonvix, un chirurgien de Niort qui habitait dans le bourg sont également infectés ainsi qu'un vieux garde forestier à la retraite... D'après ce que je sais, ils n'en ont plus pour très longtemps...

Un dragueur en costume gris, pompes vernies à talonnettes, Ray Ban scotchées sur les yeux et husky en bout de laisse, salua la véto avec insistance dans l'espoir de se faire inviter. Il dut faire son miel d'un bref signe de tête et disparut vers l'embarcadère, tracté par son chien des neiges.

— Elle couchait avec eux, pour leur refiler ?

— Non... Elle était infirmière...

Gabriel insista pour voir jusqu'à quel point la fiction d'André Sloga se calait sur la réalité des choses.

— Comment peut-on repasser le sida à quelqu'un en dehors de rapports sexuels à découvert ? Ils se shootaient ensemble sans changer de seringue ? Ce n'est pas possible, c'étaient presque tous des toubibs...

La véto fit la grimace.

— Comme quoi... Ils avaient tous besoin, pour une raison ou une autre, de se faire faire des piqûres, et l'infirmière en a profité pour remplir sa seringue de sang contaminé...

— Quelle horreur ! Elle a été arrêtée, j'espère...

— La police n'a pas eu à se donner cette peine.

On l'a retrouvée assassinée à coups de couteau dans un bief, à deux pas d'ici... Jusqu'à maintenant personne ne sait qui l'a tuée, pas plus qu'on n'a compris pourquoi elle en voulait à ce point à ce garde forestier ainsi qu'à tous les professionnels de la santé de Bonvix.

— Il doit vous falloir du courage pour prendre la relève !

— Pas vraiment... J'ai deux diplômes, vétérinaire et infirmière !

11

Notables et pendables

Les journaux de Paris avaient graissé leurs titres pour annoncer un nouvel attentat à la bouteille de gaz dans les rues de la capitale. Cette fois-ci les terroristes anonymes s'étaient débarrassés de leur colis meurtrier dans un supermarché, au rayon boucherie. Gabriel acheta une poignée de quotidiens, et son regard fut attiré par une feuille de chou locale, *La Voix du Marais*, posée sur la tablette réservée aux mastodontes de la presse régionale. La première page était presque entièrement consacrée à la réactivation du projet d'autoroute mutilatrice du parc d'intérêt national, et au-dessous des cartes de la partie de poker menteur qui opposait le maire socialiste de Niort au député socialiste de la même ville, Ségolène Royal. Un petit encadré placé en pied, à droite, renvoyait en pages centrales. Il était ainsi rédigé : « *Du nouveau dans l'affaire Audiat. La vengeance de Valérie* ». Il sortit de la Maison de la Presse, parcourut une centaine de mètres sur la berge jusqu'à l'un des quatre bancs placés sous les platanes qui encadraient le monument aux morts de Bonvix. L'article principal ne comportait que quelques lignes hâtivement rédigées.

« La gendarmerie de Bonvix a récemment reçu la visite d'un homme d'une soixantaine d'années dont l'identité est tenue secrète. Cet homme qui habiterait aux environs de Maillezais aurait donné aux autorités judiciaires des informations dignes de foi qui orienteraient fortement les recherches vers un crime perpétré pour mettre un terme à une série de vengeances terribles programmée par l'infirmière Valérie Audiat, fille de l'industriel bien connu Eugène Audiat. Le juge d'instruction Pierre Tiercelet se refuse à tout commentaire, rappelant que cette affaire fut entachée, dès son origine, par les effets d'une trop grande précipitation à vouloir conclure. »

Le papier était sobrement signé « *Fred. Lf* », dont il retrouva le patronyme global, Fred Ledœunf, dans l'ours du canard, en avant-dernière page. Au centre de la place, le bronze avait figé pour l'éternité l'enthousiasme du poilu victorieux, et il indiquait involontairement, de sa main tendue chargée de lauriers, la direction de la cabine téléphonique et des toilettes publiques. Gabriel tira la porte de verre sécurit. Il introduisit sa Carte Bleue dans la fente. Une intuition soudaine lui commanda de composer le numéro du salon de coiffure. Il ne reconnut tout d'abord pas Cheryl au « allô » distant qu'elle réservait aux clientes prenant rendez-vous. La voix retrouva la chaleur coutumière quand elle l'eut identifié.

— Tu aurais pu m'appeler avant, je n'ai pas dormi de la nuit… Tu es où cette fois ? En Tchétchénie, au Timor, au Rwanda ?

— C'est bien pire que ce que tu imagines ! Dans le Marais poitevin !

Il la rassura, lui promit d'être de retour dans les deux jours, puis il composa le numéro de *La Voix du Marais.* Moins d'une heure plus tard, il garait la Peugeot sur le parking haut perché de Fontenay-le-Comte, puis il rejoignit le cœur historique de la cité par les rues piétonnières. Le passage voûté que lui avait indiqué le journaliste, au téléphone, s'ouvrait sur une large cour intérieure au sol pavé. Les bâtiments qui l'encadraient avaient conservé leur apparence d'anciennes fermes et l'on pouvait encore reconnaître les écuries, la grange, la maison d'habitation. Les étables d'antan abritaient les locaux de *La Voix du Marais.* Une enseigne minutieusement repeinte à l'identique rappelait aux visiteurs que le journal, fondé en 1868, s'appelait auparavant *L'Écho vendéen.* Il poussa la porte vitrée enchâssée entre deux poutres montantes pour se retrouver dans une salle d'un seul tenant dans laquelle une étroite verrière jetait un jour diffus. Un ouvrier s'affairait sur une offset antique, courant de la marge à la recette, grimpant à la conduite pour donner à la main deux ou trois tours de rouleau à eau, réglant sans cesse la pression des souffleries décolleuses, la puissance des sucettes. La machine occupait à elle seule les trois quarts de l'espace. Les rames de papier empilées, les palettes supportant les tirages et la masse informe des archives, dans des cartons éventrés, ne laissaient que peu de place à la rédaction confinée dans le coin le plus lumineux. Gabriel profita d'un bourrage de l'offset provoqué par le départ en travers d'une feuille pour s'approcher de l'ouvrier.

— Je peux voir le rédacteur en chef ?

L'imprimeur eut un geste vague vers les amoncellements. Gabriel contourna les stocks de documentation, les boîtes de film, d'encre, les étendages de plaques sensibilisées, de manchons, de blanchets, pour finir par apercevoir le journaliste pianotant, à l'aide de ses seuls index, un article sur le clavier d'un portable dernier cri posé sur un vieux marbre. Il leva une main pour faire comprendre qu'il avait vu qu'on s'approchait mais que ce moment de sa réflexion s'avérait crucial. Il aligna un bon paragraphe avant de refermer l'ordinateur puis de s'étirer en bâillant. Gabriel en avait profité pour l'observer tout à loisir. Frédéric Ledœunf devait avoir la soixantaine en termes d'âge et la centaine en kilos. La première chose que l'on remarquait, c'étaient ses énormes lunettes de myope qui reposaient tout autant sur l'arête du nez que sur le rebondi des joues, ensuite, son absence de cou. En fait, c'était comme s'il avait été englouti moitié par les vagues successives du menton, moitié par la masse des épaules.

— Vous êtes Frédéric Ledœunf ?

— Depuis tout petit, on m'a habitué à répondre « oui » à cette question.

Il avait une voix fluette qui contrastait de manière comique avec le volume où elle prenait sa source.

— Gabriel Lecouvreur. Je vous ai téléphoné, il y a une petite heure... À propos de l'infirmière...

Il approuva d'un mouvement de la tête qui fit trembloter ses bajoues comme de la gélatine rose.

— Comme ça, vous vous intéressez à l'affaire Audiat ? Je croyais que tout le monde s'était assis dessus, à Paris. Vous travaillez pour quel canard ?

Gabriel vint s'asseoir sur le bord métallique de la table lumineuse.

— Je suis détective privé, pas journaliste...

Les yeux s'animèrent derrière le verre cathédrale qui les protégeait.

— Il ne faut pas prendre cet air contrit ! C'est ce que j'aurais voulu être. Détective privé, mais c'est le rêve de tout journaliste qui se respecte... Vous me direz que ça n'en fait pas beaucoup, par les temps qui courent, d'accord, mais ce sont les meilleurs ! Qui est-ce qui vous a embauché pour enquêter sur l'affaire Audiat, si ce n'est pas trahir un secret ? La famille ?

— Pas vraiment... Je me suis embauché moi-même...

Ledœunf appuya une grimace qui fit disparaître une bonne moitié de ses doubles mentons.

— Pas fameux comme point de départ. Je n'ai jamais fait ce boulot, mais j'ai lu des tonnes de choses là-dessus, dans la Série Noire principalement... Vous devriez faire autre chose : dans leurs histoires, quand un détective se sent investi d'une mission, il ne lui arrive généralement rien de bon ni d'agréable...

Le type lui plaisait. Gabriel regarda sa montre.

— D'habitude je me nourris essentiellement de cigarettes et de whisky, mais je suis prêt à faire une entorse à mon régime... J'ai vu une auberge, en montant jusqu'ici... On pourrait continuer à bavarder devant une assiette de spécialités régionales, non ?

— Elle s'appelait comment, votre auberge ?

— Je n'ai pas fait attention... La terrasse surplombe le cours de la Sèvre niortaise...

— Ici, ce qui coule, c'est la Vendée... Vous êtes nul en géographie, mais vous avez l'œil, question restauration, c'est une excellente adresse.

Ledœunf prit le temps de copier son texte sur une disquette qu'il remit au conducteur offset avant de quitter l'imprimerie de *La Voix du Marais*. L'auberge, tommettes, poutres apparentes, mobilier de style, s'appelait curieusement le *Oui-Mais*. Le patron, dans un court texte imprimé sur les menus, expliquait que le nom lui était venu en entendant les clients répéter, au moment de la commande du vin, des digestifs : « Oui, mais je conduis. »

Le journaliste n'eut pas besoin de réviser, il connaissait le programme des réjouissances par cœur. On leur servit des anguilles au gratin, dans leurs terrines brûlantes, accompagnées par du Bonneseaux, un vin blanc qui ne supportait pas les voyages. On ne le buvait qu'à la ronde, dans un rayon de cinquante kilomètres. Tout au bonheur des saveurs, ils mangèrent en silence, l'esprit dans la bouche. Ce fut Ledœunf qui abattit ses cartes, tout en grattant de la fourchette la petite croûte de fromage calciné qui avait adhéré à la paroi de la terrine.

— Si on jouait cartes sur table… Vous avez un lien quelconque avec la famille Audiat ou bien avec un de ceux que la Valérie a plombés ?

— Non, je suis parisien depuis la nuit des temps. Mes ancêtres paternels, je parle des contemporains de l'âge du feu, devaient habiter une caverne de Montmartre… Du côté maternel ce devait être une grotte de Belleville. C'est la première fois que je mets les pieds dans le Marais poitevin.

Le journaliste savoura l'ultime lampée de vin.

— Aujourd'hui on sait à peu près tout sur les raisons qui ont poussé Valérie Audiat à injecter du sang contaminé dans les artères de ses amants et clients… On a établi un cadre assez convaincant pour expliquer comment elle avait, elle-même, été tuée. Pas plus tard que cette nuit, j'ai écrit un papier bourré de détails qui devrait constituer le gros d'un prochain numéro de *La Voix du Marais*, celui du samedi…

Gabriel commanda une demi-bouteille de Bonneseaux pour le journaliste et s'offrit une Tsin Tao.

— C'est possible de m'en toucher un mot ?

— Je n'y vois pas d'inconvénient majeur. Je pose juste deux conditions…

— Dites toujours, je verrai si c'est dans mes moyens.

— Premièrement, et bien que je pense que personne ne les reprendrait, je voudrais que vous me promettiez de ne pas balancer les infos à l'un de vos copains journalistes dès que vous sortirez d'ici...

— Vous êtes bien placé pour savoir que « copain » et « journaliste » sont des mots qui ne vont pas très bien ensemble...

Ledœunf acquiesça d'un battement de ses paupières de batracien.

— C'est noté. Deuxièmement, j'aimerais que vous m'éclairiez sur ce qui vous a amené ici, cinq ans après l'enterrement de première classe d'une affaire considérable, et trois jours avant son dénouement. Je ne suis pas de nature extrêmement pessimiste, ce qui ne m'empêche pas de penser que mes révélations seront entourées du plus profond silence médiatique... Pour être tout à fait sincère, on devient faible quand on en arrive au digestif, je dois vous avouer que je ne crois pas une minute à votre histoire de détective autoembauché ! Vous vivez de vos rentes ?

Gabriel leva les yeux au ciel et soupira.

— Si bizarre que ça puisse paraître, c'est pourtant la stricte vérité. Je ne roule pas sur l'or, mais j'arrive à vivre confortablement de mon boulot. Pour frimer, je pourrais vous dire que je possède même un petit zinc privé sur l'aérodrome de Moisselles, mais ça risque de faire trop, non ?

— La vie ressemble au poker, il faut toujours tenter... C'est quoi comme coucou ?

— Un Polikarpov I-16...

Ledœunf reposa le verre de cognac qu'il réchauffait dans sa paume.

— Sérieusement ? Le même dont parle Malraux dans *L'Espoir* ?

— Le même ! Vous êtes une des rares personnes à vous souvenir de cela… J'ai racheté le mien en Catalogne, il y a quelques années… Les Soviets l'avaient vendu aux Républicains espagnols, en 1937, par l'intermédiaire de France-Navigation, la compagnie maritime de l'Internationale communiste. Il faisait partie de la quatrième escadrille, la Mosca 31…

— On a le droit de piloter un avion de chasse ?

Gabriel se pencha vers lui. Il ne pouvait qu'être franc avec un type qui s'intéressait à ce genre de sujet.

— Oui, dès l'instant où il est désarmé… Pour le moment je le répare, pièce par pièce. Si je suis ici, c'est parce qu'un homme dont je respecte le travail s'est fait salement amocher, pas plus tard qu'avant-hier, par des hommes de main. Il a failli y passer. J'ai toutes les raisons de penser qu'ils voulaient l'empêcher de divulguer ce qu'il avait appris sur l'affaire Audiat…

Le journaliste se renversa sur son siège pour boire son alcool. Il fit craquer la chaise en faisant peser tout son poids sur le dossier.

— Il est quoi votre ami ? Détective privé, lui aussi ?

— Non. Il fait ce que j'ai toujours rêvé de faire : écrivain.

Ledœunf faillit s'étrangler.

— Ne me dites pas que vous parlez d'André Sloga !

— Vous le connaissez, lui aussi ?

— Comment ça ? Bien sûr que je le connais ! Je ne connais même que lui ! On a mangé ensemble à cette même table, il y a trois mois… Je n'ai rien lu nulle part au sujet de l'agression dont vous parlez. Qu'est-ce qu'il lui est arrivé ?

Gabriel lui raconta le peu qu'il savait sur le tabassage de la rue Jeanne-d'Arc, il évoqua ses visites à la Pitié-Salpêtrière, puis il bricola un épisode plausible pour évoquer la lecture de *La Lune au Marais*, le manuscrit en cours du romancier. Ledœunf l'écouta avec attention en s'autorisant un Davidoff d'origine au parfum de cannelle. Quand le Poulpe eut fini, il rejeta la fumée de son cigarillo vers le plafond.

— Je ne voudrais pas vous décourager, mais je crois que vous faites fausse route. Je ne vois pas qui prendrait le risque de réactiver l'affaire Audiat en allant bousculer un écrivain parisien… Ça n'a pas de sens.

Gabriel l'interrompit.

— C'est pourtant évident : le meurtrier !

Ledœunf envoya un jet caraïbe vers le plafond.

— Je peux vous affirmer qu'il n'a plus les moyens de le faire !

— Comment pouvez-vous en être aussi sûr ?

— Tout simplement parce qu'il est mort, lui aussi ! L'action de la justice est éteinte. C'est ça que je m'apprête à écrire dans mon papier…

Gabriel accusa le coup. Le scénario qu'il avait échafaudé en roulant sur l'autoroute Aquitaine s'effondrait entièrement. Si le journaliste disait vrai, la piste de Valérie-Yolanda se terminait brusquement en queue de poisson dans un cul-de-sac. Son invité le dévisageait, les coudes sur la table.

— C'est un pays bizarre, attachant et repoussant. Quand je suis arrivé ici, en 73, auréolé de mon passage dans le fleuron de la presse parisienne, c'est comme ça qu'on appelait *France-Soir* à l'époque, je voulais transformer le vieil *Écho vendéen* en *Vendéen déchaîné* ! J'ai déniché deux ou trois scoops. On m'a laissé travailler sur mes réserves pendant un trimestre… Puis d'un seul coup toutes les sources se sont taries. Je n'avais même plus accès à l'état civil, au menu des cantines scolaires ni aux faits divers !

Gabriel agita sa Carte Bleue en direction du patron, pour appâter l'addition.

— Et alors ?

— Alors rien… J'ai attendu que ça se tasse, puis je suis doucement rentré dans le rang… On m'a fait comprendre qu'ici, on vous dit les choses dès lors qu'on est assuré que vous ne les utiliserez pas… Toute la presse régionale marche selon ce principe, sauf qu'on ne l'explique pas dans les écoles de journalisme : on utilise la naïveté des novices… L'affaire Audiat pourrait aisément servir de base de décryptage de ces pratiques de censure invisible, pis, d'autocensure… Je n'en avais pas parlé à André Sloga quand il est venu me voir, au journal, mais je suis intimement convaincu que les gendarmes ont arrêté le chemineau innocent, au tout début de l'enquête, dans le seul but de brouiller les pistes, de rendre la vérité inaccessible… Il fallait éteindre le début d'incendie, imposer une image fausse au public pour qu'il ne réfléchisse plus que dans une seule direction !

— Ce serait plausible si c'était votre starlette locale, Ségolène Royal, qu'on avait retrouvée dans le Marais... Valérie Audiat ne justifiait pas une telle conspiration du silence !

Ledœunf eut un hoquet qui lui agita les épaules.

— Vous faites l'impasse sur le contexte. Vu de Paris, un type qui fait directement travailler environ cinq cents personnes, plus autant d'emplois induits, ce n'est pas grand-chose. Cela ne rajoute rien qu'il soit l'héritier d'une des plus anciennes familles de la région. On n'est pas loin, dans les beaux quartiers, de le traiter de bouseux si je précise que ce provincial est vice-président de la chambre de commerce, président du Rotary-Club, conseiller général de la principale ville du Marais, Bonvix... Pourtant, quand on est d'ici, ce que je vous décris, c'est une puissance considérable. Tout le monde lui est redevable de quelque chose : un boulot pour le petit dernier qui tourne mal, un prêt facilité au Crédit agricole, une intervention auprès du député, du percepteur, une dérogation pour un permis de construire...

— Une vraie prise multiple...

— Exactement, un passe-partout. Aussi, quand on a appris l'assassinat de sa fille, le pays entier s'est mis à marcher sur des œufs, à commencer par les gendarmes. Il fallait de toute urgence déconnecter ce crime crapuleux de la famille nourricière. D'où l'arrestation de l'éleveur de ragondins qu'ils ont fini par relâcher... La rumeur s'est répandue quand la maladie a frappé tour à tour tous les professionnels de la santé de Bonvix qui avaient comme autre caractéristique d'être visités par Valérie : le pharmacien, les deux médecins, le chirurgien puis le vétérinaire...

— Vous oubliez le garde forestier, celui que Sloga, dans son livre, appelle Fernand...

Le journaliste se frappa le front, de la pointe de l'index.

— Ne vous inquiétez pas, j'ai toute l'histoire là, bien en place ! Dans la réalité, son nom ce n'est pas Fernand mais Alfred Tourneur. Il est mort le premier, du sida, moins d'un an après l'assassinat de Valérie. J'ai bien connu cette môme. Le père Audiat la promenait partout comme une mascotte. Jolie comme un cœur, futée comme un renard, elle emmenait tout sur son passage. Il clamait partout qu'il en ferait une savante, qu'elle irait à la pêche au Nobel. Sauf que les gosses, ce n'est pas comme le papier à musique, ce n'est pas programmé ! Vers dix-sept, dix-huit ans, elle a tourné vinaigre. Elle s'est renfermée dans sa tête, elle a envoyé valdinguer les études pour se rabattre sur un boulot d'infirmière à domicile dans le canton tenu par son propre père !

Gabriel sentit la fatigue lui peser sur les épaules. Il devinait confusément ce que Ledœunf s'apprêtait à lui jeter au visage, mais il ne pouvait taire sa question.

— Qu'est-ce qu'il lui était arrivé ?

— L'horreur absolue... Qu'il s'agisse de la gamine d'un prolo d'Aubervilliers ou de celle d'un nanti vendéen ! Elle s'est fait violer à l'issue d'une de ces soirées bien arrosées et bien graveleuses qu'affectionne la bourgeoisie du coin. D'après mes recoupements, cela s'est déroulé dans le parc de la maison de François Cornu, le chirurgien de Niort... Les deux médecins, le vétérinaire, le pharmacien attendaient leur tour... Le garde forestier s'est approché en entendant les cris de Valérie. Elle l'a appelé à son secours, mais il n'a rien fait, par lâcheté... C'est cette nuit-là qui a fait basculer sa vie. Chacune des minutes suivantes a été consacrée à organiser sa vengeance. Elle est partie faire ses études d'infirmière, avant de revenir s'installer au pays, l'air de rien, comme si cette nuit d'horreur n'avait jamais eu lieu. Ils y ont cru...

Les anguilles gratinées remontaient à la surface. Gabriel avala cul sec son fond de Tsin Tao pour faire refluer la nausée qui le gagnait.

— Et c'est lequel de ces salauds qui l'a tuée ?

— Selon moi, aucun. Ceux qui sont en train d'agoniser dans leur sang pourri ignorent toujours de quelle manière le virus s'est frayé un chemin jusqu'à eux... Ils pensent s'être fait plomber par une rencontre de hasard. C'est encore plus terrible de ne pas pouvoir nommer la faute. Non, le meurtrier est à chercher autre part... Si vous avez encore cinq minutes, venez au bureau, je vous montrerai sa photo...

12

La queue entre les jambes

Quand ils poussèrent la porte de l'imprimerie, l'ouvrier imprimeur finissait de déjeuner à la gamelle, assis sur l'escalier de la marge. Ledœunf pilota Gabriel jusqu'à un petit bureau aménagé en contrebas, derrière les réserves de papier. Il tira vers lui un classeur de grand format qui contenait un exemplaire de chacun des journaux parus depuis le début de l'année, les feuilleta jusqu'à celui de la première semaine de juillet. Il le posa sur une rame de Conqueror.

— C'est lui !

Gabriel se pencha sur la photo encadrée d'un large filet noir qui occupait une bonne partie de la première page, sous le titre. On sentait le cliché officiel, posé pour l'éternité. Le personnage d'une soixantaine d'années qui fixait l'objectif voulait donner de lui l'image d'un homme énergique et responsable. Gabriel lut les caractères gras qui surmontaient le portrait :

TRAGIQUE DISPARITION DE L'INDUSTRIEL
EUGÈNE AUDIAT

puis il parcourut le début de l'article signé par Ledœunf où étaient énumérés tous les titres de responsabilité du président-directeur général fondateur de la Société des menuiseries métalliques

Audiat. La phrase importante était noyée dans une accumulation de lieux communs, un festival de tirage à la ligne.

«M. Eugène Audiat ne s'était jamais remis de l'assassinat de sa fille Valérie, le 4 juillet 1990, il y a cinq ans, jour pour jour. Tous ses proches font la relation entre ce profond désespoir familial et son geste fatal.»

Ledœunf referma le classeur sur la collection de journaux.

— À mon avis, c'est lui qui a tué sa fille quand il a appris ce qu'elle avait fait... On ne saura jamais dans quelles circonstances... On peut tout imaginer... On ne sait même pas s'il connaissait les motivations de Valérie...

Gabriel accusa le coup.

— Quand André Sloga est venu vous voir, au printemps, vous lui aviez raconté la même chose qu'à moi ?

— À peine le dixième... Il n'en avait pas besoin : il est resté à l'affût du moindre ragot pendant des semaines. Il savait déjà presque tout.

— Raison de plus pour avoir voulu le faire taire...

— Ici, on règle ses comptes à l'ancienne, ça ne viendrait à l'idée de personne d'aller payer des bras cassés parisiens. Les occasions ne manquent pas, dans le Marais...

Gabriel marcha jusqu'à la porte. Il revint sur ses pas alors que l'imprimeur lançait l'offset, que les pinces à papier, affamées, commençaient à claquer dans le vide.

— Vous allez lâcher le morceau, dans votre prochain numéro ?

Ledœunf baissa les yeux derrière ses vitres blindées. Il se toucha le front du plat de la main.

— Le papier idéal est là, parfaitement calibré... Je ne crois pas que ce soit encore le moment de le sortir... Je vais redonner deux ou trois infos inédites, tordre le cou à cette légende de la fièvre du Marais. Je crois que dans un mois, deux au maximum, les gens seront prêts à admettre toute la vérité.

Gabriel lut dans le regard du journaliste qu'il n'en serait rien, que le papier idéal resterait à sa place, bien au chaud. Cela faisait trop longtemps que Ledœunf avait renoncé à sa jeunesse, à son *Écho déchaîné*... Les natifs de Bonvix et des environs en apprendraient beaucoup plus en achetant le bouquin de Sloga, si l'écrivain parvenait à le mener à bien, qu'en s'abonnant pour dix ans à *La Voix du Marais*. Il reprit sa voiture sur le parking, près du pont courbe. L'eau de la Vendée grisait, annonçant l'orage. Les premières gouttes, grosses et lourdes, constellèrent le pare-brise quand il entra dans Bonvix. Il régla sa note à la réception du *Ragondin*. Il repartit après avoir fait l'acquisition d'une cassette de blues vendéen, la seule production locale sur laquelle il put mettre la main dans la mercerie des berges. Il regagna Paris sous des trombes d'eau, accompagné par les entraînants refrains accordéonisés de Jeaulin le Patoisant :

Attendez, la fin du monde est pour demain
I é pas fait mon testament sac à main
Réservé mon avion, lavé mes dus mains
Balayé devant le sell de ma mésin…

Une débauche de panneaux jaune et noir, renforcés par des alignements de lumières clignotantes, neutralisaient deux des trois voies de l'autoroute, quinze kilomètres avant la porte de Saint-Cloud. D'énormes engins de voirie encombraient la chaussée libérée du trafic. Des camions bâchés déversaient une armée d'ouvriers de l'équipement, casqués, bottés, qui prenaient possession du paysage. Il galéra pour suivre, pendant plus d'une heure, le fléchage tortueux d'un itinéraire de délestage.

Cheryl enfournait son demi-mètre cube quotidien de poil parisien dans une poubelle blasonnée aux armes de la ville quand la Peugeot vint se ranger devant la façade du restaurant kurde qui venait d'ouvrir, face au salon. Elle l'embrassa sans lui faire le moindre reproche, pour son escapade. À peine entrée dans l'appartement, elle se jeta sur une carcasse de poulet rôti qu'elle dépouilla de ses parcelles de chair les plus secrètes, tout en alignant un nombre impressionnant de pots d'aromates sur le plan de travail.

— Qu'est-ce que tu nous prépares ?

— Du riz à la poète…

Il comprit que ce serait là sa seule punition.

— Du riz à la poète ? Tu mets quoi dedans, des vers, des pieds ?

— Et tu te crois malin ! Il paraît que c'est très

bon. C'est une cliente qui m'a donné la recette. Tu l'as déjà vue… Zaraounia, la sœur du cinéaste mauritanien. Je lui arrange ses tresses tous les quinze jours…

— Des tresses, détresse ! Ça ne me dit pas ce que je vais trouver dans mon assiette…

Cheryl haussa les épaules. Elle fit revenir deux verres de riz basmati lavé dans de l'huile d'olive. Quand les grains devinrent translucides, elle les noya sous six volumes d'eau et rajouta un bouillon cube épicé. Elle agita par trois fois les pots de romarin, de fines herbes, d'ail moulu, de basilic, de persil, d'herbes de Provence au-dessus de la casserole. Elle touilla à l'aide d'une cuillère en bois, puis ajouta une bonne dose de curry doux qui colora la préparation. Sur l'autre feu, elle faisait délicatement revenir des oignons mélangés aux lambeaux de viande de poulet, qu'elle jeta dans le riz, quand l'eau se fut presque évaporée. Douze minutes plus tard, Gabriel prélevait sa première fourchetée de « riz à la poète ». Cheryl l'observait, vaguement inquiète.

— Alors, ça donne quoi ?

Il fut surpris de s'entendre répondre :

— Excellent… Quand on voit la préparation, on craint le pire… Peut-être que ça manque un petit peu d'esprit de sel, mais c'est tout…

Ils se couchèrent tôt, et Cheryl, dont c'était le tour, fixa la règle du jeu, pour la nuit.

— Sans les mains !

13

Disquettes, minettes et gisquettes

Le lendemain, Gabriel fainéanta au lit jusqu'à près de onze heures en relisant par bribes le manuscrit d'André Sloga, à la recherche d'un sens caché. Les explications prodiguées par Ledœunf lui permirent de mettre un nom réel sur chacune des silhouettes dessinées par le romancier, mais il ne découvrit rien qui aurait pu l'aider à relancer ses investigations dans la direction du meurtre marécageux. Le journaliste avait certainement raison, ce n'était pas dans cette tragédie qu'il fallait chercher la raison de l'agression. Il prit un bain dans la baignoire ronde que Cheryl avait fait construire à ses mesures au cœur de sa bonbonnière. Un ancien tagueur reconverti dans la décoration d'intérieur s'était appliqué à reproduire une scène d'hiver flamande de Bruegel, en remplaçant les hommes du tableau original par l'animal fétiche de la maîtresse de maison, le kangourou. Gabriel entassa ses vêtements sales dans le panier d'osier, enfila un jean, une chemise, avant de venir se planter devant la table de la salle de séjour. Tout ce qu'il avait récupéré autour d'André Sloga était rassemblé sur la nappe à l'effigie de Marilyn Monroe : le manuscrit, la facture de chez Docutec, le courrier de la théâtreuse, celui de la société des auteurs, la lettre anonyme, le livre de Joseph Delteil, ainsi que la retranscription des paroles de l'écrivain, à la Pitié : « Max, le haut-parleur, sur la place. » Il se creusa la tête, en vain, à tenter des assemblages, des passerelles. Midi sonnait au clocher de Saint-Ambroise de Popincourt quand il se décida à abandonner. C'est alors qu'il remettait tout dans l'un des sacs plastique qui lui tenaient lieu de système d'archivage que la disquette récupérée chez Docutec tomba sur la moquette rose. Il se baissa, l'agita devant son visage, à la manière d'un éventail, pour finalement la glisser dans sa pochette de chemise.

Les orages atlantiques, annoncés par la météo, ne chahutaient pas encore la pollution parisienne. Maria, secondée par Vlad, installait des tables sur le trottoir de l'avenue Ledru-Rollin pour des clients amateurs de gaz d'échappement. Toutes les places, en salle, étaient garnies. Gabriel se hissa sur un tabouret de bar à côté d'un Africain plongé dans les cours de la Bourse de *Libération*. Le patron lui servit d'autorité une Kriek Lambic du Ventoux que lui avait dénichée le représentant des Docks kabyles.

— Goûte-moi ça ! Elle ne vaut pas encore la Bécasse, mais elle est sur le chemin. Dans deux, trois ans maximum, s'ils ne relâchent pas leurs efforts, les brasseurs de Carpentras vont faire la nique aux trappistes flamands ! Tu veux manger un morceau ? J'ai du pied de cochon en plat du jour…

— Ce n'est pas un plat du jour, c'est devenu le plat de tous les jours…

— Tu es bien le seul à faire le difficile, je suis

dans la sélection de Coffe et dans les bonnes adresses de *Signature*...

— Tu deviens susceptible, Gérard ! Je m'incline... Allez, amène ton pied...

Gabriel se gava de couenne, de gélatine, de croquant. Il ne laissa, comme à l'accoutumée, qu'un collier d'osselets sur le bord de son assiette. Le vieux Léon vint rôder près de lui, renifla l'odeur de son ordinaire. Le chien repartit vers le fond du restaurant, bredouille, en se cognant à tout ce qui se dressait sur son passage. Gabriel prit la disquette dans sa pochette de chemise, la montra à Gérard qui manœuvrait le percolateur.

— Tu as quoi comme ordinateur ?

— Un vieux Mac Classic... Maria veut en faire don au musée des Arts et Traditions populaires...

— Je peux monter voir s'il arrive à lire quelque chose si je lui enfile cette disquette ?

L'Africain releva la tête de ses cotations et se mit à rire. Gabriel l'imita.

— J'ai dit quelque chose de drôle ?

— Oui, vous avez dit disquette...

Le détective fronça les sourcils.

— Et quand on dit disquette, ça vous fait rire ? Vous n'êtes pas compliqué...

— Surtout quand vous dites que vous allez « enfiler la disquette »... Chez moi, au Sénégal, une disquette ce n'est pas votre carré de plastique. Une disquette, à Dakar, c'est ce qu'ici vous appelez une gisquette, une minette... Une petite femme attirante et facile...

Gérard, hilare, pointa le doigt vers l'étage.

— Allez, Gaby, écoute le monsieur : va enfiler ta disquette au premier, ça t'aidera à digérer !

L'appartement des patrons du *Sainte-Scolasse* ressemblait aux serres du Jardin des Plantes, en modèle réduit. Maria y maintenait hiver comme été, à l'exception de la cuisine et de la chambre, une température constante de vingt-quatre degrés assortie à un taux d'hygrométrie de soixante-quinze pour cent. Les murs disparaissaient sous les touffes d'évaniscus, de rogrindas, de lauriers-roses. Une vigne vierge recouvrait la tonnelle du balcon, des bifithéums mexicains trempaient dans la baignoire, du houblon à fleurs mauves grimpait sur les tringles à rideaux... Le Mac des origines trônait sur une tablette, près du lit conjugal. Gabriel le mit sous tension. Les premières notes de *En rouge et noir* de Jeanne Mas lui souhaitèrent la bienvenue dans le macland. Il glissa la disquette qui fit naître une icône près du bord supérieur droit de l'écran. Il cliqua sur la souris pour ouvrir le dossier. Quatre icônes alignées apparurent.

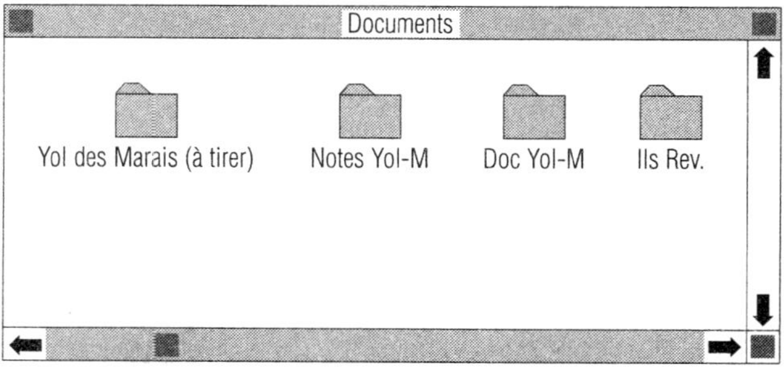

Il fit défiler le premier texte qui se révéla en tout point identique au manuscrit remis par la vendeuse stagiaire de Docutec. Le deuxième dossier constituait une synthèse des conversations de Sloga avec les protagonistes de l'affaire Audiat. Le troisième recensait tout ce qui s'était écrit sur le sujet depuis la découverte du cadavre de Valérie-Yolanda. Il lut l'ensemble en détail, sans rien découvrir qu'il ne connaissait déjà. En désespoir de cause, il cliqua sur la dernière icône légendée « Ils Rev. ». Il comprit, dès l'affichage virtuel simultané du titre et du sous-titre, qu'une piste sérieuse s'offrait à lui

LIAISONS DANGEREUSES

Cinquante ans après, ils reviennent,
les messagers de la haine.

Les dix pages du dossier ne comportaient aucun nom. C'était un collage assez effrayant de citations soigneusement datées et référencées. Intrigué, Gabriel prit connaissance de l'extrait d'ouverture.

LA LÂCHETÉ JUIVE À L'ÉLYSÉE

« Les Juifs du P.S. un peu plus rongés de l'intérieur par les copinages de fin de parcours de Mitterrand. Les lâches. Ils avaient cru que sa rencontre avec Arafat n'était qu'une de ces petites parenthèses affligeantes auxquelles ils devraient désormais s'habituer, vu l'âge avancé de leur patron. Ils s'étaient donc douloureusement tus. Eh bien les pleutres juifs du gouvernement ne disent toujours rien. Être juif au P.S. en ces années d'alignement, de turbulences européennes, voire de dialogue euro-arabe, n'est pas simple. Attali est un grand écrivain juif, dans son dernier roman, il cite le Livre de la Création, mêle l'ésotérisme hébraïque à une narration concise, néanmoins, son identité d'intellectuel ne le pousse pas à rectifier, ne serait-ce que pour son image de hassid habité, les propos flagadas du Mitterrand. Stirn, Fabius et les autres (Lang !) non plus d'ailleurs. »

Fureur continentale n° 26, 8 novembre 1989.

Il passa rapidement sur une dizaine de phrases nauséeuses tirées d'un pamphlet *Nos amis les chanteurs*, tomes un et deux, pour n'en retenir qu'une ouvrant l'article consacré à Patrick Bruel, et par laquelle il était révélé que l'homme à la voix cassée était né Benguigui, ce qui permettait à l'auteur de ne plus le nommer que le chanteur aux trois « *i* », une voyelle pour Patrick, deux pour Benguigui. Gabriel se souvint que Le Pen en avait fait son miel.

La troisième ordure émanait de *La Guerre sociale* de juin 1979. Le passage retenu par Sloga s'intitulait sobrement *Qui est le Juif* :

« La légende des "chambres à gaz" a été officialisée par le tribunal de Nuremberg, où les nazis étaient jugés par leurs vainqueurs. Sa première fonction est de permettre au camp stalino-démocratique de se distinguer absolument de celui des nazis et de leurs alliés. L'antifascisme et l'antinazisme leur ont permis de justifier leurs propres actes de guerre et ont continué à justifier beaucoup d'ignominies depuis. »

L'ignominie, justement, atteignait un niveau supérieur avec un passage de *L'Imbécile de Paris*, n° 5, de décembre 1991 :

« En remplaçant la célébration de l'Übermensch (homme supérieur) par celle de l'Untermensch (homme inférieur), en s'alignant sur les handicapés plutôt que sur les Aryens en tant que modèle de l'homme futur, en imposant une survie dégradante à la place d'une élimination cynique, en substituant à la "solution finale" une idéologie nataliste, on produit des effets sensiblement analogues : l'enfer des handicapés congénitaux condamnés à vivre, l'acharnement thérapeutique et le supplice des agonisants, la surpopulation dans le tiers-monde, c'est-à-dire la famine et le génocide. »

Gabriel referma l'icône. Il lança l'impression laser du dossier « Ils Rev. ». Un goût âcre lui emplissait la bouche. Il se saisit de la première bouteille venue, dans le bar situé sous la télé, et avala à même le goulot une longue rasade d'un vin à la fois amer et doux qu'il recracha en l'identifiant comme étant du rancio. L'imprimante égrena également les notes de *En rouge et noir* pour signaler qu'elle avait rempli sa mission. Il taqua les feuillets sur le bord de la tablette, ne lisant que les dernières lignes d'un article prélevées par Sloga dans l'hebdo *Minute-la France*, n° 1595, du 4 novembre 1992 :

« ... Laurent Fabius est monstrueux, je veux dire, digne d'être montré. Bébé, langé par des nounous provinciales auxquelles ses parents de gauche n'adressaient la parole que très chichement, Laurent n'a jamais parlé ce patois "pipi, caca, dodo..." que les pédiatres nomment picado. Laurent n'a jamais dit "areuh". Le premier mot clairement formulé par le bébé qu'il fut : "dollars !", ce cul-de-sac de gauche, une bouche en cul-de-poule, de geai gélatineux... »

Il se souvint soudain d'un livre d'André Sloga, dont personne n'avait voulu, après-guerre, et qu'avait publié un éditeur économiquement suicidaire, Paul Draflos, au plus fort de la vague gauchiste des années soixante-dix. Le roman s'intitulait *La Remise* et racontait l'histoire d'un maquis communiste ariégeois, composé en majorité d'Espagnols républicains, qui avaient refusé de remettre leurs armes, en 1944. Ces hommes entendaient juger les magistrats, les flics, les fonctionnaires qui avaient prêté main-forte aux nazis. Ils pensaient également que la victoire ne serait complète qu'avec la chute des dictatures ibériques de Franco et de Salazar. Leur rêve romanesque fut finalement noyé dans le sang par les forces coalisées de la nouvelle légitimité française. Gabriel n'ignorait pas que Sloga, après sa participation aux Brigades internationales, avait rejoint la résistance, dans l'Yonne.

Il imaginait assez bien sa réticence à remettre sa mitraillette Sten à des chefs devenus raisonnables.

Il était clair, en tout cas, que cinquante ans plus tard il avait repris le maquis.

Avec un Mac chargé de disquettes jusqu'à la gueule !

14

Pedro et les nazis de gauche

Pedro Ferrer habitait quai Sisley, à Villeneuve-la-Garenne, dans une ancienne péniche Freycinet qui avait été remorquée à cent mètres de la berge, à la limite des chantiers navals Van Praët. La coque d'acier était enfouie dans la terre noire du Bassin parisien. Depuis les hublots, on pouvait observer les mystères de la vie végétale. Racines, vers, insectes divers, taupes. Pedro avait peu à peu adjoint d'autres pièces de part et d'autre du bateau, et l'on était surpris, la première fois que l'on serpentait dans le dédale bidonvillesque des annexes, de déboucher sur l'immensité oblongue de la cale. C'était là qu'il avait installé son atelier de gravure, de tampons secs et humides. À la grande époque des libérations nationales, des décolonisations, c'est par dizaines qu'ici les faux papiers prenaient des allures officielles. Depuis qu'un peu partout le qualificatif avait supplanté le nom, que « national » avait supplanté « libération », le rythme s'était singulièrement ralenti. Il était devenu méfiant, ne travaillant plus que par l'intermédiaire de trois ou quatre amis très sûrs. Gabriel était de ceux-là.

— Qu'est-ce que tu bricoles en ce moment ?

Pedro promena la flamme de son briquet devant

le mégot inégal de sa Boyard maïs, en tira une bouffée épaisse. Il pouvait se targuer d'être le dernier consommateur au monde de cette marque de cigarettes. Quand la S.E.I.T.A. avait décidé d'arrêter la fabrication de son plus redoutable missile anti-poumons, plusieurs années auparavant, Pedro s'était empressé d'en acheter une palette qui était entreposée dans une pièce étanche à hygrométrie constante, près du moyeu de l'hélice. Selon ses calculs, à raison de douze clopes par jour, il avait de quoi tenir jusqu'à ses soixante-dix bougies, en l'an 2000. Il recouvrit d'une feuille vierge les tas de papiers posés en désordre sur sa table.

— Je fais des conneries pour ne pas perdre la main...

— Si c'est des conneries, pourquoi tu les planques ? Tu n'as plus confiance ?

Pedro lui donna une tape dans le dos.

— C'est pas valable dans tous les domaines, mais là, je t'assure, moins on en sait et mieux on se porte... Qu'est-ce qui t'amène ?

Gabriel lui expliqua ce qui était arrivé à Sloga, et qu'après une virée chez les ragondins poitevins, il prenait de la distance avec l'hypothèse séduisante d'une vengeance pour cause d'indiscrétion littéraire. Il pensait que le sévère passage à tabac de l'écrivain pouvait être en relation avec ses recherches centrées sur la renaissance d'un discours ouvertement fasciste dans le monde intellectuel parisien.

— J'ai pris le temps de lire plusieurs fois le véritable dictionnaire des idées pourries qu'a confectionné André Sloga à partir d'une centaine de citations. C'est vraiment à gerber. Il a dressé plusieurs tableaux pour les classer suivant leurs thèmes principaux. L'antisémitisme et le révisionnisme viennent en tête, suivis de près par une haine viscérale envers la social-démocratie, qui tient la corde avec la dénonciation du grand Satan américain. Pour couronner le tout, la célébration des nationalismes de tout poil. Les textes émanent d'une trentaine de publications. Il les a piqués dans *Fureur continentale*, un canard faussement gauchiste, et *Le Choc du mois*, le mensuel des intellectuels du Front national. C'est eux qui fournissent le plus de références, mais il a également prélevé du matériel dans *National-Hebdo*, dans *Minute*, dans *Éléments*, *Krisis, L'Humanité*, *La Guerre sociale*, *Lutte du Peuple*, *Révolution*. Il y a même le bulletin intérieur de la Fédération anarchiste qui s'est laissé aller à des campagnes antisémites…

Pedro accusa le coup. Il s'installa dans un fauteuil semblable à celui de Sylvia Krystel, dans *Emmanuelle*, à la différence près qu'il était surmonté d'un portrait de Puig Antich, l'une des dernières victimes de Franco. Il lut les déjections posément, pendant une heure, au travers de ses demi-lunes, puis reposa la dizaine de feuillets avec une grimace de dégoût. Gabriel vint s'asseoir face à lui.

— Alors, qu'est-ce que tu en penses ?

— Pas grand-chose… J'ai l'impression que l'histoire se répète, que tous ces petits cons ne font que repasser les plats froids des années trente ! Le truc sur Fabius, par exemple, que ton pote a relevé dans *Minute*, le bébé qui ne pense déjà qu'aux dollars, même s'il prend la précaution de ne pas dire que Fabius est juif, c'est du Léon Daudet tout craché... Le mec qui a écrit ça ne s'est pas foulé, je suis sûr qu'il est allé piquer la formule « bouche en cul-de-poule, de geai gélatineux » dans les pamphlets de cette ordure !

— Ce que j'aime bien, chez toi, c'est que tu ne t'embarrasses pas de politesses, ni de formules alambiquées...

Le poing de Pedro s'abattit sur la table, faisant tressauter ses instruments de faussaire.

— Parce que tu crois qu'on chasse la hyène avec un pipeau ! Je me fous du politiquement correct comme de ma première arrestation ! Pas de quartier pour les vert-de-gris... Il faut les casser jusqu'au dernier. Et pas au nom de la vérité ou de la raison, non ! C'est le simple et archaïque instinct de survie. Ils ont prouvé de quoi ils étaient capables. Si on les laisse s'installer, crois-moi, ils ne se contenteront pas d'un coin de table.

Gabriel écouta la diatribe en souriant.

— J'ai l'impression que ça te fait du bien, tu rajeunis ! Il y a longtemps que je sais à quoi m'en tenir sur tes convictions, Pedro, mais aujourd'hui j'ai besoin d'un avis clair, net et précis sur ce monceau de fumier.

Pedro ralluma sa Boyard.

— Si tu ouvrais davantage les pavillons, que tu peaufinais ta culture, tu aurais noté que j'ai déjà répondu en partie... Je t'ai bien dit qu'ils essayaient de repasser les plats froids des années trente, oui ou non ?

Gabriel plissa le front.

— Oui. Et alors ?

— Putain, mais c'est pas vrai ! On apprend aux mômes la couleur des uniformes des soldats de ce razzieur de François Ier, à Marignan, en 1515, mais ils sont incapables de savoir ce qui s'est passé trente ans avant leur naissance ! Ce qui m'inquiète vraiment dans ton collage de citations, c'est le maillage apparent des thèmes, des formulations, entre la presse d'extrême droite et la presse communiste. Tu me connais assez pour avoir remarqué que je dégueule sur toutes les variétés de cocos, qu'ils soient stalinos, trotskos, marxos, léninos, carillos, maos, guévaros ou jivaros ! Pourtant, Kronstadt, Makhno et la Catalogne ne me feront jamais oublier qu'on est tous du combustible à crématoire pour les fachos... Parce qu'on est juif, arabe, noir, anar, coco, handicapé, pédé ou tout à la fois, comme toi !

— Je l'attendais celle-là, tu ne pouvais pas la rater...

— C'est peut-être facile, mais ça fait plaisir ! Sérieusement, il n'y a rien de plus dangereux qu'une alliance entre les fafs et les cocos... C'est comme le nitrite et la glycérine. Dans deux bouteilles distinctes, tu ne crains rien, mais si tu mélanges, tout te pète à la gueule ! Le numéro deux du P.C.F., Jacques Doriot, député-maire de Saint-Denis, a fait le grand saut, à la fin des années trente, mais heureusement son parti l'a viré. Il est mort déguisé en S.S. Imagine un petit peu le tableau s'il avait emporté le morceau, qu'il avait pris la place de Thorez... Ça ne s'est pas joué à beaucoup...

Gabriel se saisit d'un poinçon pour se curer les ongles.

— On n'en est pas encore à ce point...

Pedro lui prit l'outil des mains.

— Va dire ça aux potes de Toulon, d'Orange, de Marignane, de Dreux, de Clichy-sous-Bois... La horde de Le Pen est devenue le premier parti ouvrier de France ! Il est même largement en tête aux élections à Drancy, la ville d'où un ancien socialiste, Laval, a fait déporter soixante-dix mille Juifs raflés par nos chères forces de l'ordre ! Trente pour cent ! Je chie sur tous les Drancéens muets qui ont la mémoire dans le cul !

Il se leva soudain en faisant gémir l'osier. Il traversa la pièce, vint se planter devant la bibliothèque aménagée dans l'ancienne cabine d'habitation du marinier. Il se mit à farfouiller fébrilement sur les étagères.

— Voilà, voilà, je sais exactement à quoi ça me fait penser toute cette merde que tu m'as mise devant les yeux ! C'est obligatoirement dans le secteur... Attends... Tu vas voir si je te raconte des conneries !

Sa main caressa les tranches d'une rangée de livres, de fascicules. Il tira délicatement une brochure à la couverture marron dont les pages jaunies se séparaient. Il souffla dessus pour faire voler la poussière. Gabriel eut le temps de lire le titre, *Front noir*, avant que Pedro ne pose le fascicule sur un lutrin en l'ouvrant à la page de garde ornée d'un copieux exergue d'Adolf Hitler qu'il lut à haute voix :

— *« Il y a plus de choses qui nous lient au communisme que de choses qui nous en séparent. Il y a, par-dessus tout, le sentiment révolutionnaire. Le social-démocrate ou le syndicaliste petit-bourgeois ne sera jamais national-socialiste, mais le communiste le deviendra. »*

Gabriel relut plusieurs fois le texte.

— Putain, ça fait un choc… Il ne fait pas partie de mes auteurs favoris, loin de là, mais je ne me doutais pas qu'il réfléchissait comme ça… On le présente toujours comme un taré congénital…

— Ça rassure de penser qu'il n'y avait pas de logique…

Pedro feuilletait le livret, et en picorant un mot, une formule, des passages entiers lui revenaient en mémoire. Il lui suffisait de remplacer années trente par années quatre-vingt-dix pour s'apercevoir combien la stratégie d'alliance rouge et brune demeurait opératoire. Il fixa Gabriel.

— Il y a tant de choses qui sont mises sous le boisseau… Tu as déjà entendu parler des frères Strasser, les nazis de gauche ?

— Non, et pour être sincère, le concept même de « nazi de gauche » est une nouveauté pour moi, c'est dire !

— Les Strasser, ce sont deux frangins, Otto et Gregor. Dès 1925, ils implantent le parti nazi en Allemagne du Nord, dans les provinces de Prusse, Saxe, Rhénanie, et du Hanovre… Ce n'est pas de la petite bière… Leur homme à tout faire s'appelle Goebbels. Gregor Strasser va vite devenir le numéro deux du parti nazi, et le leader des députés hitlériens au Reichstag. Il tente d'imposer une ligne anticapitaliste, avec un programme de confiscation des biens des anciennes familles régnantes, la nationalisation de la grosse industrie, du secteur bancaire, l'expropriation des holdings. Il fait cause commune avec les syndicats rouges des tramways et des métallurgistes, il organise des grèves avec eux, à Berlin. Il va jusqu'à menacer Hitler d'exclusion… En 1934, après l'arrivée du parti nazi au pouvoir, il va tenter un rapprochement avec les trois millions d'hommes des Sections d'assaut d'Ernst Röhm… Son ancien homme à tout faire, qui a basculé du côté d'Adolf, les fera exécuter ensemble, en juin de la même année, pendant la Nuit des longs couteaux. Otto Strasser, de son côté, échappe aux tueurs lancés à sa poursuite. Il se planque en Autriche, en Tchécoslovaquie, au Canada. Il a fait un come-back à Berlin, vers le début des années soixante-dix, en créant un nouveau parti national-bolchevique, l'Union sociale allemande, mais il était un peu en avance sur son temps : il a fait un bide. Aujourd'hui, il aurait toutes ses chances.

Pedro lui tendit la brochure.

— Tu veux que je te la laisse ?

— Merci, je la lirai ce soir après avoir regardé *Perdu de vue*.

— Je ne vois pas le rapport…

— Moi non plus !

15

Le poète russe aime les psy serbes

L'orage éclata alors que Gabriel passait la proue de la péniche sur laquelle on lisait encore le nom de baptême, Carmela, et qu'il poussait la porte bricolée du jardin légumier de Pedro. La Seine prit instantanément la couleur grise des murs sans fin des entrepôts du Printemps qui barraient l'horizon. Les gouttes semblables à celles qu'il avait essuyées au retour de Bonvix explosaient sur la terre durcie, des éclairs brisaient en tous sens le ciel obscur, au-dessus de L'Île-Saint-Denis. Gabriel releva sa veste sur sa tête. Il courut jusqu'à la Peugeot garée devant les volets fermés de la *Guinguette des Chantiers*. Sur les pages du carnet posé dans la boîte à gants, il avait noté les adresses, téléphones, fax de tous les organes de la presse vérolée recensés par André Sloga. Il s'aperçut que l'un des journaux les plus cités, *Fureur continentale*, avait longuement séjourné à Gennevilliers dans les locaux des Éditions Gaston Lemoine. Il traversa les deux bras du fleuve et suivit le méandre jusqu'à la place de la mairie affligée d'une fontaine polychrome due à l'un des nombreux élèves patauds de Fernand Léger. Les Éditions Lemoine cachaient leur siège social dans une zone industrielle édifiée en bordure des friches de l'autoroute A86. Des palettes de travaux d'imprimerie serties par des bandes plastique attendaient sur le parking d'être chargées dans une semi-remorque. Gabriel se pencha au-dessus des feuilles fraîchement encrées. La couverture quadri d'une *Histoire de la milice* attendait de partir pour la reliure. L'illustration reprenait l'affiche du premier congrès de ce mouvement fasciste français, un poing tenant un glaive, dressé sur fond de campagne et d'usines, dans un ciel rouge et noir. Il s'aperçut avec stupeur que le sigle écarlate du groupement milicien ressemblait exactement, tête-bêche, au petit ruban croisé de la campagne contre le sida. Il commençait à lire le texte de la quatrième de couverture quand une voix le fit sursauter.

— Vous cherchez quelque chose ?

Il se releva pour découvrir un skin bedonnant d'une trentaine d'années, en tenue d'apparat, cheveux ras, pantalon de treillis, chemise camouflage, Doc Martens kaki aux pieds. Le type avait les mains maculées d'encre. Gabriel montra l'entrepôt.

— C'est par là, les bureaux ?

— Non, ici c'est les ateliers... Il faut faire le tour...

Avant de s'éloigner, le Poulpe posa la main sur la pile de couvertures miliciennes.

— Vivement que ça sorte en librairie ! Ils nous bourrent tellement le mou qu'on finit par oublier leur exemple...

Un sourire édenté barra le visage rond du skin.

Au premier abord, la salle de réception des Éditions Gaston Lemoine ressemblait à un hall d'entreprise standard : décoration impersonnelle, meubles passe-partout, lumière parcimonieuse, odeur de photocopieuse. Si, calé dans l'un des fauteuils en cuir synthétique, il vous prenait l'envie de compulser les revues posées en vrac sur une table chinoise, vous pouviez chercher en vain les traditionnels dossiers professionnels, les *Paris-Match*, *Marie-Claire* ou *Le Figaro* du jour. Par contre, si vous étiez friand des exploits des divers corps d'armée allemands, japonais, croates ou roumains, entre 1939 et 1944, votre bonheur était à son comble, et il était clair, pour Gabriel, que tous les clients de l'entreprise appartenaient à cette seconde catégorie. Il feuilleta un exemplaire de *Nouvelle Solidarité*, l'organe central du Parti ouvrier européen, dans lequel l'un des directeurs des Éditions Gaston Lemoine, un dénommé Victor Brignard, ne faisait pas mystère, dans une longue interview, de son appartenance à ce groupuscule antisémite. Il leva les yeux. L'hôtesse s'évertuait depuis un bon moment à tenter de remplacer le rouleau de papier du fax en le présentant à l'envers. Gabriel contourna le bureau de l'accueil pour l'aider. La machine clignota de satisfaction.

— Merci, je croyais que je n'y arriverais jamais. Vous avez rendez-vous ?

— Non, mais j'aimerais voir M. Gaston Lemoine…

— Je pense que cela va être compliqué : il est mort depuis un demi-siècle… Si vous me dites ce qui vous amène, je pourrai peut-être vous orienter vers l'un de nos services…

Gabriel baissa la voix.

— C'est assez confidentiel…

Elle afficha cette mimique hypocrite des mères quand elles conduisent leur enfant vers le fauteuil du dentiste.

— Rassurez-vous, ce n'est pas un hasard si j'occupe ce poste… Je suis l'assistante du directeur, M. Brignard. Tous les dossiers de fabrication passent obligatoirement entre mes mains… Je suis au courant de tout.

Gabriel fit semblant de rassembler tout son courage.

— Voilà… À la suite de la mort récente de mon père, j'ai hérité de très nombreux papiers de famille. Des albums photos, des collections de cartes postales, des paquets de lettres…

Il remarqua qu'elle donnait des signes d'impatience.

— Il y avait aussi beaucoup de documents datant de la période de l'Occupation… Des dossiers instruits par mon grand-père, des carnets de notes bourrés de renseignements inédits… Je n'ai fait que mettre un peu d'ordre dans tout ce fatras, mais je pense qu'il y aurait de quoi composer un livre explosif…

L'attention de l'adjointe de Brignard était maintenant à son comble.

— Quel genre de dossiers, de renseignements ? Ils se rapportent à quelle région ?

— Grand-père était archiviste à la préfecture du Rhône, à Lyon, et d'après ce que j'ai cru comprendre, il avait gardé tous les doubles des documents internes concernant la Milice et la Franc-Garde…

Elle lui demanda de la suivre au premier étage

pour le mettre très rapidement entre les mains d'un petit bonhomme aux allures de fouine qui se présenta comme le directeur littéraire des Éditions Gaston Lemoine. Gabriel continua à jouer la comédie du petit-fils fidèle aux engagements familiaux. Il promit de revenir dès le lendemain avec un échantillon des documents lyonnais. Avant de le laisser partir, la fouine lui demanda par quel canal il avait eu connaissance du combat idéologique mené par l'entreprise.

— J'ai longtemps été abonné à *Fureur continentale*, et je n'ignorais pas que vous en assuriez l'impression…

Mise en confiance, impatiente d'assurer son emprise sur l'héritier, la fouine s'épancha.

— Notre rôle ne se borne pas qu'à cela…

— Dommage qu'il ait disparu…

— Oui. Le journal nous appartenait pour près de la moitié. Quarante-huit pour cent, très précisément. Notre directeur, M. Victor Brignard, a même assuré la gérance de la société éditrice pendant plusieurs années… Nous aurions pu faire de grandes choses si le fondateur de *Fureur continentale*, Kevin Kervan, n'était devenu subitement fou, ne s'était aveuglé… On ne gagne jamais rien à vouloir brûler les étapes.

La fouine le laissa dans le couloir du premier étage, près de l'escalier. Gabriel descendit lentement tout en laissant traîner un œil sur des échantillons de matériel édité par la maison exposés dans de petites alvéoles vitrées. Pas de porno, mais du tout-obscène, de l'hitlérien, du mussolinien, du pétain. Rien, ici, n'était à mettre entre les mains des citoyens de sept à soixante-dix-sept ans. Il s'immobilisa derrière un pilier, à l'amorce de la dernière volée de marches, en entendant l'hôtesse chuchoter au téléphone.

— Tu demandes à Roger de te remplacer. Non... Écoute, Francis, tu fais ce que je te dis, d'accord ! Il faut qu'on en sache davantage sur ce type. Si tu ne peux pas faire autrement, emmène-le à ta réunion... Le patron veut savoir à quoi s'en tenir sur cette histoire d'archives... Il ne faut pas que ça nous échappe... Tu as compris ? Tu ne le lâches pas. Trouve un moyen.

Gabriel patienta une longue minute sur son palier avant de descendre à toute vitesse, l'air dégagé. La collaboratrice lui adressa un large sourire pub qu'elle prolongea après son « À demain ». L'ouvrier skin se démenait, sur le parking, avec une moto tout-terrain qui refusait apparemment de se mettre en marche. Il tira la béquille, s'approcha de Gabriel qui ouvrait la porte de la Peugeot.

— Excusez-moi, mais ma bécane est en panne... Vous allez sur Paris ?

— Oui...

— Est-ce que ça ne vous embêterait pas de me laisser à la porte d'Asnières, c'est sur le chemin...

Pour s'installer il dut déposer le travail de Sloga sur la banquette arrière. Deux feuillets glissèrent. Le skin grappilla, en les ramassant sur le tapis de sol, quelques phrases meurtrières de *Fureur continentale*, concernant Bernard-Henry Lévy, qui renforcèrent sa confiance dans son chauffeur d'occasion :

« Bernard-Henry Lévy, ce presque philosophe qui n'est pas un écrivain, dans un livre gras publié par Grasset... (...)

Tant de rigueur dérange B.-H.L qui n'a jamais rien vu, rien écrit, rien fait, excepté du fric avec l'engagement des autres... (...)

B.-H.L, triste sire que je finirai un jour au couteau Moulinex... »

Le nom de Lévy entouré des mots « gras », « fric », l'aveu d'une envie de meurtre, il était en pays de connaissance. La voiture franchit le périphérique, traversa la zone des H.B.M. Sorti des banalités, l'imprimeur avait du mal à entretenir une conversation. La rhétorique n'était pas son fort. Gabriel évita de le pousser dans ses retranchements et laissa le silence s'installer. Il se tourna vers lui après s'être arrêté au feu, à cent mètres du boulevard Berthier.

— Je vous dépose ici ou près du métro ?

— Ici, ça va... Sympa de m'avoir dépanné. Si vous avez un peu de temps, je peux vous offrir un verre dans le secteur...

— Pas de refus...

Le *Saussure* ne servait que des bières ordinaires. La mousse de l'Adelscott pression que Gabriel commanda, du bout des lèvres, se désintégra illico pour ressembler à des yeux sur une soupe. Le Skin alluma une Celtique. Il but sa Pelforth directement au goulot, comme un homme.

— Est-ce que je me trompe si je vous dis que j'ai l'impression que vous vous intéressez aux mêmes choses que moi...

Gabriel fit l'innocent.

— Cela dépend à quoi vous faites allusion.

Francis regarda autour de lui, se pencha pour chuchoter.

— La véritable Histoire, la fin du mensonge imposé par le lobby...

Gabriel mesura la difficulté de sa tâche. Il venait tout juste d'entrer en contact avec ses premiers fachos, et il lui était déjà impossible d'encaisser leur discours d'ouverture. Il donna le change en tapant amicalement sur l'épaule du skin. Ils choquèrent verre et bouteille.

— Tout à l'heure, j'assure le service d'ordre d'une réunion, à deux pas d'ici... C'est filtré, mais si vous vous pointez avec moi, il n'y aura pas de problème... C'est en l'honneur d'un des nôtres qui revient de Serbie... Il a combattu avec les miliciens de Dragan, en Krajina...

— J'ignorais que des Français pouvaient être admis dans les rangs des... nationalistes serbes...

Francis afficha une mimique vantarde qui semblait vouloir dire : « *Tu ne sais pas à qui tu t'adresses, mon pote !* »

— Il y a pas mal de nos camarades, là-bas, des dizaines, mais ce soir c'est un Russe qui assurera la conférence. Ivan Astrapov.

Gabriel sursauta à l'énoncé du nom. Une dizaine d'années auparavant il avait manifesté pour obtenir l'asile politique d'un peintre soviétique, nommé Astrapov justement, persécuté par l'administration brejnévienne. Si ses tableaux étaient dépourvus d'intérêt, il apparaissait comme un dissident talentueux. Gabriel repoussa son verre de bière.

— Astrapov ? Il est parent avec le peintre ?
— C'est lui, mais maintenant il ne peint plus qu'au pistolet ! Mitrailleur de préférence.

16

Sur le terrain

Gabriel lui laissa le soin de régler les consommations avant de le suivre sur le boulevard Berthier. Des jeunes femmes délabrées, les bras comme des passoires, assises sur les capots des voitures en stationnement, ouvraient les cuisses au passage des camionneurs. Ils dépassèrent les magasins généraux reconvertis en ateliers de décors de l'Opéra de Paris, avant de prendre une ruelle qui longeait les voies de la ligne de Saint-Lazare.
Francis fit un geste en direction d'un type qui semblait occupé à rattacher son lacet, et reçut un feu vert en retour. Ils entrèrent dans la cour d'un ancien entrepôt. Un autre homme attendait sur le quai de chargement. Il saisit le poignet de Francis, pour une poignée de main à la romaine. Après avoir consulté son frère de combat du regard, au sujet de Gabriel, il les conduisit devant un monte-charge, referma la lourde grille sur eux puis actionna la commande vétuste qui pendait au bout d'un fil électrique. La cabine fut prise de tremblements pour finir par s'élever en à-coups jusqu'au deuxième niveau. Près de deux cents personnes,

des hommes jeunes en grande majorité, étaient massées dans l'entrepôt dont les murs, les poutres avaient conservé le parfum lourd du café que l'on avait entassé là pendant des dizaines d'années. Deux sortes de frères jumeaux de Francis apportaient des consommations sur les tables, dans le vacarme des conversations. Le rock serbe du groupe Junak déversé par la sono noyait tout. L'imprimeur skin installa Gabriel près des vestiges d'une poulie, et prit sa faction à gauche de la porte d'entrée. Un praticable d'un mètre de hauteur supportait une table équipée de micros, flanquée de trois chaises. Le mur était décoré de plusieurs drapeaux serbes maculés de taches, de poussière. Ils encadraient l'agrandissement d'une photo représentant un détachement tchetnik en tenue traditionnelle, hautes bottes noires, treillis, barbes épaisses, bonnet de fourrure.

Gabriel se fit servir une Tsver, brassée à Moscou d'après ce que mentionnait l'étiquette. Il la but à lentes gorgées en observant l'assistance composée pour une bonne part de petites frappes de bonne famille venues se donner le frisson du mois. Pour le reste, il identifia les habituels paumés de banlieue prêts à toutes les aventures pour échapper au vide de leur avenir. Il ne reconnut tout d'abord aucun visage : la foule anonyme des meetings... C'est en se retournant pour inspecter les tables les plus reculées que son regard accrocha celui d'un homme d'une quarantaine d'années. Il lui fallut une bonne minute pour sélectionner le souvenir dans sa mémoire puis le superposer à la large face rougeaude et avinée, aux pommettes saillantes et aux cheveux fous, de Thierry Tegret. Il l'avait rencontré deux ou trois fois lors de sa première année de fac. Tegret était alors le numéro deux d'un petit groupe trotskiste très actif, organisé militairement. Il commandait une trentaine de militants qui vidaient les cours à la demande. Gabriel en avait vaguement entendu parler, dix ans plus tard, quand son organisation l'avait dénoncé à la vindicte publique, l'accusant d'avoir détourné des fonds dont personne ne connaissait l'origine. Il était flanqué, là, d'un ancien journaliste de *Libération*, Paul Estèphe, spécialiste des affaires douteuses, celles où confluent les humeurs des cabinets ministériels, les remugles des services, les relents d'alcôves. Gabriel avait encore en tête plusieurs de ses passages dans les émissions trash de TFI consacrées au pasteur Doucé ou au suicide de Pierre Bérégovoy. Thierry Tegret se leva. Un instant, Gabriel crut qu'il se dirigeait droit sur lui. L'ex-militant d'extrême gauche le dépassa pour se jeter dans les bras d'un homme court sur pattes, aux yeux dissimulés par des lunettes fumées panoramiques. Tegret se hissa sur l'estrade, tendit la main au trapu masqué. Un troisième homme, sec comme un coup de trique, leur emboîta le pas. Ils s'installèrent derrière la table. Le silence se fit immédiatement. Tegret s'assura que les micros fonctionnaient en tapotant dessus puis il prit la parole.

— Chers camarades. Je crois qu'il est temps de passer à la partie la plus importante de cette rencontre. Je voudrais vous présenter, tout d'abord, le commandant Jovan Gavrovic dont les troupes ont vaillamment résisté à la coalition croato-musulmane autour de Bihac.

Il fit une pause pour laisser éclater les applaudissements. Gavrovic, qui ne parlait pas un mot de français, remercia d'une phrase en serbe que personne ne prit la peine de traduire. Les claquements de mains redoublèrent.

— Je n'ai pas besoin d'user de beaucoup de salive pour parler de notre frère Ivan Astrapov qui vient de passer trois mois sur différents fronts d'Europe où les fondements de notre civilisation sont remis en cause par l'expansionnisme intégriste musulman. En Tchétchénie, en Serbie ! Je tiens simplement à vous rappeler, avant de poser une série de questions à Ivan Astrapov, que je suis ici, ce soir, en ma qualité de rédacteur en chef de *National d'abord*, le quotidien de la France sociale, auquel Ivan réserve l'exclusivité de la publication de son carnet de combattant.

L'atmosphère était étouffante. Gabriel reflua vers la porte d'entrée où soufflait un léger courant d'air.

— Ma première question sera directe, cher Ivan. Un film de la chaîne anglaise B.B.C. t'a montré en train de tirer sur Sarajevo. Certains prétendent que c'était juste pour la photo...

L'ex-peintre, ex-soviétique, ex-dissident, baissa le micro devant sa bouche, il haussa ses lunettes sur son nez. Il s'exprimait dans un français parfait, presque sans accent, comme tous ceux qui sont passés par les meilleures écoles.

— Qu'ils se mettent devant, ils auront la réponse !

Tegret exulta, au diapason de la salle.

— Est-ce que tu penses avoir tué un ou plusieurs Bosniaques ?

— Là-bas, ça s'appelle du Turc ! J'espère bien que je n'ai pas gâché mes balles…

Francis passa devant Gabriel qui grimaça un sourire. Sur l'estrade, l'interview se poursuivait.

— Quel type de sensations a un peintre quand il troque le pinceau pour la kalachnikov ?

— Une heure de guerre, et vous êtes guéri à tout jamais de la peinture, de cette illusion qu'on peut représenter le monde, l'interpréter ! C'est perdre son temps. Il faut le briser ! Le violenter, lui faire rendre gorge ! Le fait de tirer sur tes ennemis irréductibles te donne un sentiment de force, de liberté… C'est une jouissance gigantesque. Je me suis battu en Moldavie, en Slovénie, en Bosnie, en Abkhazie, en Krajina, et partout j'ai éprouvé le même plaisir intense… Je ne me suis jamais senti aussi libre qu'entouré de maisons musulmanes brûlées, dans la puanteur des cadavres turcs, dans l'odeur de pisse des lâches ! L'Art ne fait pas le poids…

Un silence religieux accompagnait ses paroles qu'il débitait les yeux fixes derrière ses verres correcteurs.

— D'après toi, ces guerres resteront-elles limitées aux anciennes marches de l'Empire soviétique ?

Astrapov se détendit.

— Si tu veux le fond de ma pensée, je voudrais que les nationalistes russes décident d'en finir avec l'illusion libérale du tsar alcoolique, Eltsine, et de son Premier ministre, « Paquetdemerdine », qui détruisent notre race, notre peuple ! Il faut passer à l'offensive. Si ça éclate maintenant, les choses peuvent être réglées rapidement, avec un minimum de casse. Si on attend, on comptera les morts par millions.

Tegret sentit que l'auditoire était devenu très attentif, réceptif.

— L'illusion libérale, c'est l'autre nom de la démocratie… C'est un mot qui te fait peur, qui te dégoûte ?

Astrapov se mit debout. Il se pencha vers la salle en hurlant.

— Elle vous plaît à vous, la démocratie ?

Un mur de huées monta jusqu'à lui. Il se rassit, le visage écarlate.

— Je me fous de la démocratie parisienne des Fabius, des Lang, des Stirn et des Stasi, comme je me fous de la démocratie new-yorkaise des Rockefeller et de la Metro Goldwyn Mayer ! Elles peuvent tranquillement pourrir et crever dans leur coin. Je pose simplement la question : jusqu'à quand va-t-on tolérer que les guerres ne soient faites qu'aux pauvres ?

L'auditoire se souleva d'un coup en scandant le nom d'Astrapov. Seul le commandant Jovan Gavrovic avec lequel personne ne pouvait communiquer était demeuré le cul collé sur sa chaise. Gabriel profita de l'atmosphère de communion guerrière pour s'éclipser. Le monte-charge était plus efficient, plus silencieux en descente. La machine le déposa devant le skin de faction qui dissimula prestement le flingue dont il vérifiait, avec tendresse, le bon fonctionnement.

17

La fin du monde

Gabriel n'eut pas le courage, ou l'inconscience, de rentrer directement au bercail. Briser d'abord une éventuelle filature. Il engagea la Peugeot sur le périphérique intérieur, accéléra, l'aiguille du compteur bloquée sur cent quarante. Les radars flashèrent par deux fois sa fuite circulaire. Aucune des sorties inscrites sur les portiques bleus n'était la bonne. Il tournait comme un écureuil en cage, étourdi par son propre mouvement.

« Ils rev. Ils reviennent, les messagers de la haine. »

Sloga, sur son lit de douleur, de salpêtre et de pitié, ânonnait « Max, sur la place, le haut-parleur », la tête cassée par les gros bras des fafs sur lesquels il avait décidé de braquer l'écran de son Mac. Gabriel accélérait encore. Qui était Max ? Sur quelle place crachait le haut-parleur ? Porte d'Aubervilliers, porte de la Villette, porte de Pantin, porte de Bagnolet… La banlieue rouge virait au brun. Les Français fabriquaient français de nouveaux petits Français qui fabriqueraient français ! Quelle place ? Le beau parleur de la place Marx ? Au deuxième passage, il traversa les voies encombrées des voitures des pendulaires pour plonger sur la porte des Lilas. Gégé le « philosophe » avait peut-être un début de réponse…

Gilbert Gache, un professeur de philosophie que le manque d'imagination de ses contemporains avait affublé du surnom de Gégé, habitait en haut de la rue de Belleville, au-dessus d'une ancienne boulangerie qui abritait maintenant un fabricant pakistanais d'assaisonnements destinés aux restaurateurs chinois du bas quartier. Le parfum du poisson délaissé, base indispensable à l'alchimie du nuoc-mâm, imprégnait jusqu'à la voix des divas tapies dans les sillons des compact disc d'opéra qu'il écoutait en relisant en boucle les classiques du marxisme ou de la psychanalyse freudienne. L'éclairage de l'un par l'autre, et inversement, le plongeait dans des abîmes de désespoir. Le monde ne pouvait s'en sortir. Il ne descendait jamais dans les gouffres de la raison critique, de la socialisation de la libido, sans sa provision de morgon, de chassagne-montrachet ou de pommard. Le plus remarquable résidait dans le fait que ce mariage du marxisme freudien et de l'alcoolisme suicidaire lui conférait un commerce agréable. Même à une heure avancée de la nuit, son discours demeurait aussi clairement accessible que savant. Il accueillit Gabriel comme s'ils s'étaient vus la veille, alors que leur dernière rencontre remontait à près de trois ans.

Gégé avait remporté un titre de vice-champion de France d'haltérophilie alors qu'il brillait en hypokhâgne. Il entretenait avec conscience sa carrure de camionneur qui faisait toujours sensation dans les salles de cours et réconciliait quelques étudiants sportifs avec Kierkegaard ou Schopenhauer. Il remplit, d'autorité, deux verres à moutarde d'un gevrey-chambertin rubis, tout en coupant le sifflet à une diva est-allemande d'une pression sur la télécommande de sa chaîne hi-fi. Gabriel fit les compliments d'usage sur la qualité du vin, avant de raconter au philosophe baraqué les malheurs de Sloga, le livre des citations, les intuitions de Pedro, sa visite aux Éditions Gaston Lemoine, pour clore par son début de soirée avec l'ouvrier skin, le peintre kamikaze et l'ex-révolutionnaire professionnel passé au fascisme. Gégé l'écouta sans l'interrompre, renversé sur son siège, les yeux mi-clos, le nez dans le parfum divin du bourgogne. Quand il eut terminé sur le souhait d'Astrapov d'une Troisième Guerre mondiale, Gégé reposa son verre. Il eut cette simple phrase :

— Ce qui m'étonne, c'est que cela t'étonne.

— Attends ! Je ne suis pas naïf. Lorsque Le Pen et De Villiers ramassent ensemble plus de vingt pour cent aux élections présidentielles, on sait que la tentation autoritaire n'est pas le fait de quelques excités… Je me rassurais en fonctionnant sur de vieux schémas : la droite virait à l'extrême… Une sorte de prolongement naturel. Ce que je découvre avec le travail de Sloga, c'est le glissement massif de gens de gauche vers le néonazisme. En plus, ça ne concerne pas seulement les déclassés de banlieue, les laissés-pour-compte…

Là ce sont des politiques, des écrivains, des journalistes, des profs...

Gilbert Gache rétablit le niveau dans les verres.

— On pourrait gloser pendant des jours entiers là-dessus : perte de sens, perte d'utilité sociale, disparition des repères... Il suffit de se livrer à une toute petite expérience pour mesurer la gravité de la crise... Je vais te demander de me résumer en deux, trois thèmes maximum, le programme des principaux courants de pensée français... Gaullistes, libéraux, communistes, socialistes... Vas-y... Essaie de te rappeler leur programme...

Gabriel bredouilla quelques vagues concepts, sur l'égalité, la construction européenne, le franc fort, la défense des acquis sociaux, la compétitivité...

— Maintenant, tente de faire la même chose avec le programme du Front national...

— La France aux Français, préférence nationale, expulsion des immigrés, salaire maternel, refus de Maastricht, rétablissement de la peine de mort, transfert des cendres de Pét...

Gégé interrompit l'énumération.

— Tu vois ? La démonstration est irréfutable. D'un côté le flou, la disparition des frontières idéologiques, les mesures vagues, à long terme... De l'autre le martèlement des thèmes, la précision démagogique mais terriblement efficace des slogans, les recettes miracles... Nous avons tous ce besoin irrépressible d'agir sur le monde, de le transcender. De penser que notre simple poids peut fléchir la destinée commune. Il est facile de transformer cette quête humaine en simples termes de gagne, de guerre, de désigner des adversaires, des boucs émissaires, de les inventer à l'occasion... Leur force actuelle est d'incarner une mutation rapide, de proposer un dérivatif au désespoir. On ne comprend pas l'illusion fasciste si on perd de vue que c'est, aussi, une mystique. Et cela, ça marche tout autant sur les paumés de banlieue, comme tu dis, que sur les profs de fac !

Gabriel savait, au fond de lui, que Gégé avait raison. Il tenta néanmoins de trouver un point d'appui.

— L'horreur des camps nazis, la Résistance, c'est pas si vieux que ça ! Il y a des barrières morales...

— Tout serait plus simple, en effet, si la mémoire était une notion mesurable, quantifiable... Pour les déportés, cinquante ans, c'est un jour, parfois une heure... Pour les petits salauds que tu as vus en action, c'est une éternité, autant dire que ça n'a pas existé. L'autre soir, je regardais un documentaire sur le 8 mai 1945, à Sétif, quand l'armée française a délibérément massacré au moins quinze mille Algériens révoltés. Un vieux Kabyle racontait qu'il était revenu du front européen où il avait combattu les nazis, pour apprendre que toute sa famille avait été exécutée. Par l'armée à laquelle il appartenait ! Le journaliste lui a dit : « Après un demi-siècle, les plaies ont dû se refermer, non ? » Le paysan l'a regardé. Il a pris son temps pour lui répondre : « En 1935, j'avais dix ans, le maître d'école, un Breton, nous apprenait l'histoire de France. Il nous expliquait en détail les atrocités commises par les Prussiens, il disait les Boches, pour parler de la guerre de 1870. C'était plus impressionnant que les contes sur les ogres et les esprits que racontaient les anciennes, à la veillée... Ce maître d'école n'était pas vieux, il était né avec le siècle, et pourtant il n'avait pas oublié une guerre qu'il n'avait pas connue. Une guerre qui s'était déroulée trente ans avant sa venue au monde ! Comment voulez-vous que je pardonne, moi, l'assassinat de mon père, de ma mère et de mes deux frères ? »

Gilbert Gache s'accorda un répit bourguignon. Gabriel revint à la charge.

— Justement ! Comment est-ce que tu peux justifier que des journaux communistes aient accueilli la prose de ces zozos fascistoïdes ? S'il y en a qui ont le culte de la mémoire résistante, c'est bien eux.

Gégé apprécia en silence le trajet intérieur du chambertin puis il reposa son verre.

— Tout d'abord, je ne justifie rien, surtout en ce domaine. Je cherche à comprendre. Certains disent qu'au slogan du P.C. : « Fabriquons français », le F.N. avait beau jeu de se borner à compléter par « avec des travailleurs français » pour remporter toute la mise. Il y a du vrai. On trouve toujours plus étroitement nationaliste que soi. La raison essentielle se situe autre part, à mon avis.

— Et où, s'il te plaît ?

— Dans l'année 89 !

— Tu me bourres le mou en me disant que cinquante ans, c'est le big-bang, mais maintenant tu remontes à la Révolution française ! Il faudrait savoir !

— Des « 89 », si tu observes bien, il y en a tous

les siècles... Donc je précise : 1989. L'année de tous les dangers, quand Gorbatchev tente de différer l'implosion de son Empire soviétique en lâchant la Pologne, la Tchécoslovaquie, l'Allemagne de l'Est, avec ce symbole incandescent de la chute du mur de Berlin... Il n'y avait plus, depuis des années, que les naïfs et les fanatiques qui croyaient encore à l'existence du « système socialiste », à la « patrie des travailleurs »... La Révolution était à l'image de la momie de Lénine qui pourrit inéluctablement dans son mausolée-sarcophage, et que des armées de savants tentent d'arracher à la poussière, au néant. Comme si on avait besoin du corps de Nietzsche pour partager sa pensée ! Quelle misère ! Il n'y a vraiment pas plus religieux que les matérialistes...

— Et 89 ? Tu ne crois pas qu'on s'en éloigne un peu ?

— Si tu as besoin d'un discours en prêt-à-penser, retourne voir tes skins et leur commandant Gregovic... La parole, c'est de la réflexion en action.

— Gavrovic, pas Gregovic...

— Je te le concède, Gavrovic... Les dignitaires du haut appareil du P.C.F. ont cru que le raz-de-marée venu de l'Est ne les épargnerait pas, que le parti allait se décomposer... La majorité a essayé de sauver ce qui pouvait l'être. Quelques-uns, jusqu'au plus haut niveau, en ont tiré des conclusions immédiates en rejoignant les socialistes, d'autres sont devenus « re » quelque chose... Refondateurs, reconstructeurs, rénovateurs. D'autres encore, dans le naufrage, se sont accrochés à toutes les planches qui passaient à leur portée. Les planches pourries, de préférence. Parmi celles-là, il y avait, bien sûr, *Fureur continentale* de Kevin Kervan... Un torchon dans lequel s'exprimait toute cette génération de laborieux imitateurs de Céline, de Drieu la Rochelle, de Brasillach... Des écrivains qui vivent par procuration. Le journal s'est mis au service de cette petite faction. Résultat, les signatures communistes se sont mêlées aux signatures fascistes. Un ponte de la direction de la C.G.T. côtoyait le rédacteur en chef du journal lepéniste *Présent*, le directeur littéraire des éditions cocos faisait table ouverte avec le pamphlétaire antisémite Mac Daube, des membres du comité central du P.C. signaient des éditoriaux sous les dessins racistes du principal caricaturiste de *National-Hebdo* ! Et ton Ivan Astrapov livrait, le même mois, ses chroniques sur la Yougoslavie au *Choc du mois*, mensuel fasciste, et à *Révolution*, hebdomadaire communiste. L'un des éditorialistes de *L'Humanité*, Pierre Jumel, dont on murmure qu'il voit loin, a plusieurs fois été accusé d'antisémitisme, et je crois même qu'il a été à plusieurs reprises condamné par les tribunaux... Il a fallu que les « intellectuels » communistes invitent le philosophe fondateur de la Nouvelle Droite, par ailleurs directeur d'une revue fascisante, à un colloque de l'Institut de recherches marxistes, sur « la renaissance de la pensée critique », pour que le scandale éclate dans leurs rangs.

Gilbert Gache se leva pour ouvrir la fenêtre. Des effluves de poisson en décomposition envahirent la pièce. Gabriel releva le tissu de sa chemise sur son nez.

— La Chine s'éveille ! Tu crois qu'il y en aurait d'assez dingues, parmi eux, pour venir casser la gueule à un écrivain oublié, qui bosserait sur le sujet six ans après les faits ?

— C'est peu probable. D'autant que la majorité relative du P.C. a procédé à un relatif ménage... Maurice Céninf, leur numéro deux, a été mis à la retraite d'office, le poète officiel, Frédéric Romanescu, s'est reconverti dans l'édition à compte d'auteur, à l'enseigne du *Merle moqueur*, et *Révolution*, le canard communiste qui avait focalisé le plus de dérives, a été purement et simplement sabordé.

— Ce n'est donc pas dans ce coin-là qu'il faut chercher...

Gégé avait refermé la fenêtre et profité de ce qu'il était debout pour ouvrir un somptueux clos-vougeot.

— On laisse décanter un petit moment, sinon, ce serait pire qu'un crime intellectuel ! Je ne sais pas. On ne peut pas exclure une action individuelle. Les hommes sont toujours plus complexes que les plus intelligents des raisonnements... Je ne voudrais pas te concurrencer, mais un philosophe, c'est un peu un détective de la pensée... D'un côté les cocos ont nettoyé leur maison, même si ce n'est pas la grande lessive de printemps, de l'autre les fachos ont tout intérêt à la publicité des débats pour montrer leur pouvoir de séduction... Sloga ne les gênait pas. Ce n'est donc pas dans ces directions qu'il faut t'épuiser les neurones...

— Qu'est-ce qui me reste ?

Le philosophe promena son nez au-dessus du goulot prometteur.

— Un chef d'orchestre clandestin… L'orchestre noir… Il y a les impatients qui abaissent leur jeu dès que le vent tourne, et d'autres qui donnent le change avec un bon sourire… Les agents dormants. Imagine que ton romancier soit tombé sur quelques types insoupçonnables qui préparent tranquillement, à l'abri de leur réputation, l'avènement d'un ordre nouveau… Il s'apprêtait peut-être à braquer le projecteur sur un de ces insoupçonnables. On matraque pour ça, et je crois même que l'on tue !

Gégé posa la main sur l'étiquette du clos-vougeot, il inclina la bouteille vers les verres à moutarde.

Il était près de dix heures, le lendemain matin, quand Gabriel se réveilla sur un matelas posé entre des piles de bouquins de psycho, de philo, de socio. Gilbert Gache avait punaisé un mot sur la porte, pour lui signaler que la réserve de bourgogne se trouvait à mi-palier, dans une niche, sous l'escalier et, qu'accessoirement, il suffisait d'appuyer sur le bouton de la machine à café pour obtenir un jus d'arabica.

18

Le bon à tirer

L'orage de la veille avait lavé les trottoirs de Paris. L'air, plus léger, embaumait le platane, la terre et l'herbe mouillées. Gabriel attendit que la radeuse de préfecture finisse de rédiger la contravention destinée à la Peugeot et trottine vers de nouveaux exploits, pour prendre place au volant. Le flicage était sacrément efficace : le ministre de l'Intérieur n'avait qu'à consulter les doubles des contredanses pour connaître, heure par heure, le détail de ses déplacements. Il remonta la rue de Belleville jusqu'à la porte des Lilas, s'offrit une petite portion de périph pour le fun. La bibliothèque de la Pitié-Salpêtrière jouait relâche pour la journée ainsi que l'infirmière en titres et lettres. Il fila directement vers le pavillon des soins intensifs, traînant toute sa documentation rouge-brun dans un sac de la Fnac. L'interne de permanence l'informa du transfert d'André Sloga dans un service ordinaire. Son état, jugé satisfaisant, ne nécessitait plus qu'un suivi renforcé. Il se dirigea vers la salle indiquée. Le dragon qui veillait sur la dizaine de malades sensibles appliquait les consignes avec une rigueur contre laquelle Gabriel dut dépenser des trésors d'énergie.

— M. Sloga a subi un choc cérébral d'une très grande violence. Il commence à peine à retrouver des bribes de son passé récent. Il a besoin du calme le plus absolu…

Le Poulpe lui montra rapidement le manuscrit de *La Lune au Marais*, les notes diverses, le dictionnaire des citations.

— Je vous répète que je suis son secrétaire particulier… Ce manuscrit doit absolument être remis à l'éditeur avant la fin de la semaine pour que le livre soit présent dans les librairies début octobre… Il faut simplement qu'il signe le bon à tirer. (Il s'approcha de la virago, baissa la voix en adoptant le ton de la confidence.) Il est sur la liste officieuse des goncourables…

Il en rajouta en la sentant fléchir.

— S'il reprend tous ses esprits, dans deux ou trois jours, et qu'il apprend que la parution de son livre est différée après la saison des prix, j'ai bien peur qu'il ne rechute…

Gabriel n'avait pas emporté sa conviction, mais elle ne voulait pas risquer d'être à l'origine d'un échec littéraire.

— C'est bon, vous pouvez entrer. Cinq minutes, pas une de plus. Vous lui demandez de signer votre papier, et vous ressortez immédiatement.

André Sloga tourna la tête vers la porte. Il sourit à Gabriel.

— C'est vous, docteur ?

Le détective poussa la chaise destinée aux visiteurs près du lit.

— Je ne suis pas de l'hôpital. Je m'appelle Gabriel Lecouvreur. Je cherche à retrouver ceux qui vous ont frappé…

Sloga respira profondément.

— On m'a frappé, vous êtes sûr ? Vous devez vous tromper, ils sont très gentils ici. Je ne m'en souviens pas…

— Vous êtes à l'hôpital, il y a bien une raison… On vous a retrouvé dans votre parking, rue Jeanne-d'Arc. Vos agresseurs s'étaient enfuis. Je veux savoir qui ils sont…

— Pourquoi faites-vous ça ? Vous êtes de la police ?

Gabriel vit la surveillante coller son nez à la vitre avant de s'éloigner.

— Non, je suis tout simplement l'un de vos lecteurs. J'ai découvert, dans le journal, ce qui vous était arrivé. Cela m'est resté en travers de la gorge… Vous vous souvenez que vous êtes écrivain, j'espère…

— Je ne sais pas si c'est une chance… (Il se toucha le front.) C'est peut-être ça que j'aurais dû effacer de là !

— Ne dites pas une chose pareille… J'ai lu au moins quatre livres de vous, *Les Innocents*, *Moisson d'enfer*, *Week-end à Nagasaki*, *À contre-courant*… J'ai également jeté un œil sur votre dernier manuscrit, *La Lune au Marais*…

André Sloga prit appui sur ses coudes pour décoller sa tête de l'oreiller.

— *La Lune au Marais* ? Vous devez faire erreur, je n'aurais jamais choisi un titre aussi ridicule…

Gabriel prit le manuscrit sur ses genoux. Il l'ouvrit au hasard.

— Non, je ne me trompe pas… Il n'y a pas une seule phrase là-dedans qui pourrait être d'un autre ! C'est du Sloga ! Écoutez… « *Il existe un arcane du jeu de tarots montrant deux loups hurlant à la lune d'où tombent des gouttes de sang, entre deux grosses tours qui marquent les bornes de la connaissance, tandis qu'une écrevisse plonge au plus profond d'un bassin. C'est la lune, mais ça représente la peur, et c'est vieux comme le monde… Alors l'homme se souvient qu'il doit mourir.* »

Il avait levé le regard, entre deux phrases, et vu les lèvres de Sloga qui esquissaient le contour des mots. Il tourna les pages.

— « *Seuls signes de vie. Tout le reste plongé dans l'éternité, le ciel étoilé couronné de nuages, les contrastes d'encre et d'argent dans la moindre des mares, le sable humide qui tirait les pieds nus…* »

L'écrivain mimait son travail avec sa bouche dans la seconde même où Gabriel l'énonçait, retrouvant un chemin dans sa mémoire.

— J'ai l'impression d'avoir appris ce texte, il y a longtemps, très longtemps… Et vous dites qu'il est de moi ?

— Oui, c'est votre prochain roman… Vous vous souvenez de Max, sur la place… Du haut-parleur ?

Ses traits s'animèrent d'un sourire enfantin.

— Non, mais c'est drôle… C'est de moi aussi ?

— Vous n'arrêtiez pas de prononcer ces mots-là, dès que vous avez repris connaissance… J'ignore s'ils ont une quelconque relation avec l'agression dont vous avez été victime, mais ce qui, pour moi, est totalement certain, c'est qu'on vous a passé à tabac pour vous forcer à abandonner votre enquête sur les collusions entre des intellectuels et des hommes politiques communistes ou d'extrême gauche avec leurs homologues fascistes… J'ai là toute une série de citations que vous avez relevées dans des livres, dans des journaux comme *Fureur continentale*…

Sloga fronça douloureusement les sourcils.

— C'est très vague… Tout au fond, tout au fond… Vous pouvez m'en lire un morceau…

Gabriel sélectionna l'extrait d'un article du mensuel lepéniste *Le Choc du mois*, de juillet 1992.

— Vous n'avez pas noté les noms des auteurs, mais j'ai le sentiment que dans ce passage il s'agit d'Ivan Astrapov, un ancien peintre dissident soviétique… Voilà ce qu'il écrit : « *Si on peut parler de flirt entre nationalistes et communistes en France, en Russie c'est déjà une alliance inscrite dans la réalité politique et quotidienne. Le 23 février 1992, les forces d'opposition ont affronté, rue Tserskaïa à Moscou, la milice d'Eltsine sous les drapeaux nationalistes, monarchistes et rouges ! (…) Nous vivons l'époque d'un changement radical des alliances, partout de nouvelles barricades sont en construction et nous les défendrons, ces barricades, avec de nouveaux frères d'armes. (…) Voulez-vous que je vous rapporte le nouveau drapeau rouge-brun du mouvement national-communiste ?* »

Le nez de l'infirmière de garde pointa par la porte entrouverte. André Sloga leva la main pour l'apaiser. Il attendit qu'elle ait disparu pour fixer son visiteur.

— Ma caboche est en pointillé… Ils m'ont chamboulé les neurones… Il y a des noms, des formules, qui éveillent des images, mais pour tout ce qui les entoure, c'est le néant… Depuis ce matin, je revois avec une incroyable précision des scènes entières de mon enfance, quand mon père m'emmenait avec lui dans les réunions anarchistes, qu'il y jouait de l'accordéon... J'ai les airs dans la tête, les moindres notes... Il y a aussi plein de choses sur l'Espagne, le départ des Brigades de Barcelone, les contre-jeux Olympiques... Le maquis... Plus je me rapproche de maintenant, plus cela devient brumeux... Relisez-moi la dernière phrase, celle où il parle des couleurs...

— *« Voulez-vous que je vous rapporte le nouveau drapeau rouge-brun du mouvement national-communiste ? »* C'est bien celle-là ?

Sloga baissa les paupières pour concentrer son attention sur la question d'Astrapov. Il crissa des dents, tout à l'intensité de l'effort. Il haletait.

— Je sais, je sais, mais je ne sais plus où c'est... Attendez, attendez, je me souviens de ce peintre... Je l'ai rencontré dans une librairie, à Paris... Il y avait ses tableaux, au mur... Ils étaient tous là...

Gabriel se rapprocha encore.

— Quelle librairie ? Et eux, qui étaient-ils ?

Sloga, épuisé, rouvrit les yeux. Il reprit son souffle.

— J'ai acheté des livres chez eux, beaucoup de livres... Ils sont dans ma bibliothèque, à la maison... Prenez la clef, dans l'armoire...

La surveillante, réprobatrice, consulta sa montre quand il sortit de la chambre de l'écrivain.

— J'avais dit cinq minutes...

— Excusez-moi, il a voulu corriger deux ou trois phrases... Vous savez comment ils sont...

19

Tôlerie à l'antivol

Histoire de se faire du frisson, Gabriel ouvrit une nouvelle fois la porte du 2 de la rue Jeanne-d'Arc à l'aide du passe-partout donné par le capitaine de pompiers de la caserne de la rue de la Pompe, bien qu'il eût dans sa poche le trousseau de clefs d'André Sloga. Une vieille femme à tête de tortue colérique sortit de l'ascenseur en pestant après le monde. Elle regarda le Poulpe de la tête aux pieds avant de l'apostropher avec une voix autoritaire.

— Vous allez où ?

— Chez vous, maintenant qu'il n'y a plus personne !

Elle amorça un demi-tour pour grimper dans la cabine. Elle ne fut pas assez rapide, la porte se referma sur son nez ridé.

Le nom de Sloga figurait au cœur d'une petite plaque gravée, sur le montant de la porte, mais Gabriel n'eut pas besoin de le lire pour savoir où était l'appartement de l'écrivain. Une série de pincements, sur l'encadrement, témoignait que la porte blindée avait été forcée dans les règles de l'art. Il la poussa prudemment. Le bois doublé d'acier racla sur les papiers qui jonchaient la moquette du couloir. Il s'avança pour découvrir l'étendue du désastre. Toutes les bibliothèques avaient été vidées de leurs livres, les tiroirs jetés à terre, les dossiers ouverts, leur contenu dispersé. Les armoires à linge, les placards à vaisselle avaient subi un sort identique... Il se souvint de la présence du commissaire Vergeat, lors de sa première visite rue Jeanne-d'Arc, et soupçonna un instant les Renseignements généraux. Il en abandonna très vite l'idée. Les équipes spécialisées des R. G. ne procédaient plus de cette manière depuis longtemps. Un de ses rares amis journalistes lui avait raconté que son animal de compagnie lui avait fourni la preuve, inexploitable, du passage des « plombiers » dans son appartement. Il possédait un chartreux agoraphobe et neurasthénique qui n'avait pas mis une patte dehors depuis plus de cinq ans, qui était pris d'angoisse au moindre souffle d'air, dès qu'on ouvrait une fenêtre. En rentrant un soir chez lui, il avait trouvé le chat, choqué, assis sur le paillasson, alors qu'il se souvenait très bien de l'avoir caressé, vautré sur son coussin, avant de partir. Rien n'avait bougé dans l'appartement, pas une particule de poussière mais tout avait été inspecté. Quelqu'un était passé, aussi discret qu'un fantôme, mais pour une raison que l'ami journaliste ignorerait toujours, le chat l'avait suivi lorsqu'il était sorti.

Là, chez Sloga, c'était tout le contraire. Ceux qui s'étaient livrés à ce saccage ne cherchaient rien, sinon à faire définitivement baisser les bras à l'écrivain dès sa sortie de l'hôpital. Gabriel ramassa une pile de livres, une brassée de documents, une autre, une autre encore, puis, découragé, il se laissa tomber sur la banquette, face au bureau de

Sloga. Il fixa le mur qui lui faisait face. L'écrivain notait des idées, des noms, des références sur des Post-it qu'il collait sur une ancienne carte du monde où se lisaient encore des pays et des empires engloutis, mais aucun des petits carrés jaunes ne recelait le moindre sens caché. Sloga, certainement sans le savoir, avait la même manie qu'Aragon : il ne pouvait se séparer des cartes postales, des cartons d'invitation, des photos qu'on lui envoyait. Les murs du couloir qui conduisait à la chambre en étaient constellés, retenus par des punaises multicolores. Le papier peint n'émergeait qu'en haut, près de la baguette de plafond. Il y avait là des vues de Venise, de Saint-Raphaël, des reproductions de Picasso, d'Edward Hopper, des invitations à des générales, des concerts, on reconnaissait aussi des photos de Doisneau, de Willy Ronis, des autocollants pacifistes, vestiges de parcours protestataires, quelques coupures de presse… Gabriel s'attardait sur une petite mosaïque composée à l'aide de timbres exotiques quand le nom d'Astrapov accrocha son regard. Il figurait en réserve au centre d'un carton noir punaisé au-dessus de l'interrupteur :

La librairie La Caillera
Les éditions de La Vieille Gauffre
vous invitent à rencontrer à la librairie
34, rue du Colonel-Henry

PIERRE JUMEL

le 21 juin 1995, à partir de 18 heures
à l'occasion de la sortie de son livre

D'UN EXTRÊME À L'AUTRE

Exposition de « Mondes des Fins »
ultimes peintures de

IVAN ASTRAPOV

Gabriel tira la tête de la punaise entre ses ongles, puis il retourna le carton. André Sloga avait reporté la date de la rencontre et inscrit ce seul commentaire : « Ils sont tous là. » Il glissa l'invitation dans sa poche de veste avant de prendre quelques outils, sous l'évier, avec lesquels il bricola une fermeture provisoire de la porte. La voisine l'attendait à la sortie de l'ascenseur, flanquée d'un vieillard qui renonça à toute récrimination en découvrant le format du détective.

Gabriel était déjà passé devant la librairie La Caillera, à mi-pente de la Butte-aux-Cailles, de l'autre côté de l'avenue d'Italie, peut-être même lui était-il arrivé d'y acheter des bouquins. Il laissa la Peugeot près de la curieuse église Sainte-Anne puis remonta la rue Buot. Il tourna au coin, à vingt mètres des casiers emplis d'occasions à bas prix. Il marchait, perdu dans ses pensées, échafaudant des dialogues de client à libraire qui lui permettraient d'aborder, sans trop se découvrir, l'objet réel de sa présence. Mais il réalisa, en relevant la tête, que Francis, l'imprimeur skin, avait une bonne longueur d'avance sur lui. Il se tenait assis sur sa bécane, en compagnie d'un autre motard adepte, lui aussi, de la coupe minimale, du pantalon de treillis et des Doc Martens. Dès qu'il l'aperçut, Francis pointa le doigt dans sa direction en gueulant. Les moteurs rugirent. Gabriel comprit qu'il ne semblait plus le considérer comme un client potentiel des Éditions Gaston Lemoine, ni comme un frère, militant de la cause grand-serbe. Il fit demi-tour, se jeta de nouveau dans la rue Buot. Les motos bondissaient sur les trottoirs, slalomaient entre les voitures en stationnement... Il lui apparut évident qu'il n'aurait ni le temps ni le souffle suffisants pour atteindre sa voiture. Il fouilla dans sa poche, sans ralentir sa course, se plaqua soudain contre une porte cochère, enfonça la clef de la ville sous le digicode, la tourna. Miracle. Le battant céda sous son poids, et il déboucha dans une cour pavée qu'il traversa pour s'engouffrer dans l'escalier situé à l'opposé. De l'autre côté, les deux skins tapaient contre le bois épais, on entendait le claquement des moteurs. Il grimpa quelques marches, ouvrit la fenêtre de la cage d'escalier pour sauter dans un réduit encombré de frigos hors d'âge, de meubles désossés. Il escalada le mur qui donnait sur les jardins de l'église Sainte-Anne. Gabriel salua deux curés qui jouaient au badminton sur les pelouses du presbytère. Il s'accorda quelques minutes de repos dans la nef, reprenant la maîtrise de sa respiration entre une dévote tombée en extase devant le buste de saint Arvor, et une femme de ménage qui lustrait les prie-Dieu en chantonnant le *Je suis malade* de Serge Lama. Il croisa la petite foule sombre d'un enterrement qui montait les marches de l'église, sur la façade, rue Bobillot. La Peugeot se trouvait à quinze mètres. Il se mit à courir à un rythme olympique. À peine était-il installé derrière le volant que la moto de Francis se plaçait contre sa porte. Le skin tenait sa chaîne antivol à la manière d'un fléau. Il l'abattit sur le toit de la voiture. La vitre de la portière vola en éclats. Sans se soucier de manœuvrer, Gabriel enclencha la première. La Peugeot s'extirpa du créneau en emportant le bloc clignotant de la voiture de devant, en bousculant la moto de l'imprimeur. Le complice attendait en embuscade au coin de la rue du Moulinet. Gabriel lui fonça dessus, intentionnellement, et le skin n'eut comme recours que de sauter de son engin, une fraction de seconde avant que les pneus de la voiture ne broient sa roue avant. Francis n'avait pas lâché prise. Il revenait à la hauteur de Gabriel, à grands coups d'accélérateur. Il tentait de l'atteindre en frappant avec sa chaîne au travers de la vitre explosée. Gabriel brûla le feu rouge du carrefour Tolbiac, fila vers l'avenue d'Italie. L'imprimeur skin prit ses distances dès qu'ils eurent quitté le lacis des petites rues de la Butte-aux-Cailles. Il se contentait maintenant de surveiller le trajet de sa proie en guettant le moment favorable de fondre sur elle. Gabriel contourna la place pour s'engager dans le boulevard de l'Hôpital. Il pila en braquant le volant, juste derrière la mairie du treizième arrondissement. Les pneus hurlèrent sur le bitume chaud. Les deux policiers de faction devant le commissariat principal accoururent juste à temps pour voir un motard freiner près d'une Peugeot mal en point, et se mettre à frapper sur le toit à coups de chaîne antivol tandis que le conducteur de la voiture s'enfuyait par la portière du passager. Dès qu'il les aperçut le motard cabra sa machine pour disparaître vers l'avenue des Gobelins.

Gabriel perdit une bonne partie de l'après-midi à répondre aux questions des flics parisiens qui, ayant repéré le caractère exceptionnel de ses activités, s'étaient empressés de téléphoner à la direction des Renseignements généraux. Vergeat absent, un subalterne leur avait très certainement conseillé de le mettre à mijoter. Le Poulpe s'en tint à une histoire de priorité refusée qui avait provoqué la colère excessive d'un motard irascible. L'inspecteur qui menait les débats n'en croyait pas un mot. Goguenard, il libéra Gabriel à la fin de son service, un peu avant quatre heures.

— Vous pouvez remonter dans votre poubelle... Un de mes hommes a noté le numéro de la moto, mais il n'est inscrit nulle part sur les procès-verbaux... Si l'assurance vous le demande, pour le remboursement, il n'y a aucun problème... Vous revenez nous voir, et si vous nous dites ce qui s'est réellement passé, on vous le donne.

Il n'avait pas roulé dix mètres qu'un des flics le sifflait. Il fit le tour de la voiture et lui dressa deux contraventions : l'une pour défaut de clignotant, l'autre pour n'avoir pas attaché sa ceinture. Gabriel prit le paquet de formulaires qu'il avait récolté depuis trois jours, les présenta au policier.

— Posez-les sur le tas, je me suis inscrit au livre des records.

La casquette du fonctionnaire tressaillit de contentement. Il lui en mit une troisième, pour injure, c'était son mot pour « humour », à représentant de l'autorité publique.

20

La Caillera

Gabriel passa plusieurs fois devant le salon de coiffure, mais il ne trouva pas le courage de montrer à Cheryl le nouveau look de sa Peugeot. Il déposa la voiture au fin fond d'un jardin de la rue Désiré-Préaux, dans un garage clandestin de Montreuil tenu par un ancien libraire qui avait coulé sa boutique en refusant de vendre du Zaraï et du Jardin, du Sulitzer et du Giroud. Il redressait les ailes au noir, rendait leur couleur d'origine aux autos endolories. Il pouvait leur redonner une seconde jeunesse en leur étirant la tôle. Au retour, le métro, bondé d'ex-vacanciers, sentait la fin de plage, mélange subtil d'huile solaire et de sueur. Il y eut une interruption du trafic, cent mètres après la place d'Italie, pendant laquelle un clodo gorgé de vin, que l'absence prolongée de bruits de roulement avait réveillé, se soulagea contre la porte hermétiquement close du wagon. Il était pratiquement huit heures quand Gabriel émergea de la station Corvisart. Les restaurants des anars reconvertis dans le commerce se remplissaient de clients. Des gratteurs de guitare jouaient du Ferré, du Brassens, du Bruant, plus rarement du Montéhus. Surtout pas de subversif contemporain qui risquait de perturber les digestions. Gabriel calma sa fringale qu'excitaient les fumets avec une crêpe achetée sous l'auvent du *Vallès-Burger*, puis redescendit vers la rue du Colonel-Henry. Le libraire venait de rentrer les bacs d'occasion. Il actionnait la crémaillère d'enroulement du rideau métallique de La Caillera. Gabriel rentra la tête dans les épaules pour pénétrer dans la boutique.

— C'est fini pour aujourd'hui, je ferme…

Gabriel fit semblant de n'avoir pas entendu. Il ne se retourna pas et commença à consulter les titres posés sur une étagère, tout en vérifiant que personne d'autre ne se planquait dans la pièce ni dans la réserve attenante dont la porte était ouverte. Les classiques de l'anarchisme côtoyaient les rééditions de Rebatet, de Brasillach, d'Abel Bonnard.

— J'en ai pour une minute, je n'ai rien à lire ce soir…

Le libraire entra à son tour. Il ôta le bec-de-cane extérieur, referma la porte et reposa la manivelle du rideau près de la caisse.

— Fallait dire tout de suite que c'était pour une urgence…

Gabriel avait repéré, dans un recoin dissimulé aux regards des passants, une édition d'avant-guerre du livre le plus glauque de Paul Morand, *La Doulce France*. Il reposa les Série Noire d'A.D.G. qu'il venait de feuilleter.

— Je vais vous en prendre une ou deux, mais je

cherche depuis assez longtemps un introuvable de Paul Morand…

— Lequel ?

— *La Doulce France…* Je n'ai jamais réussi à mettre la main dessus…

Le libraire rayonna.

— C'est votre jour de chance : j'en ai justement un exemplaire qui vient de rentrer… C'est le troisième tirage, dans l'année de parution… Le problème, c'est qu'il est un peu cher…

— J'ai bien envie d'y jeter un coup d'œil. Vous acceptez la Carte Bleue ?

Le commerçant prit la précaution de fermer son tiroir à clef, puis de fourrer le trousseau dans sa poche. Il se dirigea vers le fond du magasin, se hissa sur un escabeau à deux marches, tendit le bras pour se saisir du livre. Gabriel l'avait suivi. Il attendit qu'il soit bien perché, en équilibre instable, pour lui coller dans les reins, violemment, l'extrémité d'une clef à pipe de seize de diamètre qu'il avait ramassée sur l'établi du mécano de Montreuil.

— Tu vas descendre doucement de ton perchoir, sans te retourner, ensuite tu vas poser tes mains bien à plat sur le mur… Voilà… On ne se retourne pas. D'accord ?

Le libraire vint se plaquer contre la paroi. Gabriel lui écarta les jambes en lui donnant quelques petits coups du pointu de sa santiag sur les chevilles.

— Je me doutais que vous me prépariez un coup fourré… Les clefs de la caisse sont dans ma poche gauche, mais vous allez être surpris, on la vide trois fois dans la journée... Il n'y a presque rien...

Gabriel le laissa terminer son discours, et appuyant toujours l'outil sur ses reins, il avança l'autre main pour débrider la ceinture du libraire, défaire les deux boutons supérieurs de son jean afin de le baisser sur ses genoux. L'autre flippait, se demandant ce qui allait arriver à ses arrières. Il voulut tourner la tête, mais la paume gauche de Gabriel s'abattit sèchement sur sa joue.

— Vous êtes dingue... Qu'est-ce que vous me voulez ?

— Tu connais Francis ?

— Qui ?

— Francis. Il joue dans *Classe mannequin*, version skin...

— Je ne vois pas de qui vous parlez...

Gabriel lui appuya la face contre le mur, l'agrippant par les cheveux pour donner des à-coups.

— Tu discutais avec lui et avec son jumeau, pas plus tard que cet après-midi... Je le cherche, j'ai besoin de faire un constat...

— Je n'ai pas son adresse... Je sais simplement qu'il travaille chez Gaston Lemoine, à Gennevilliers... C'est vous la Peugeot rouge ?

— C'est la première fois qu'on m'appelle comme ça, mais j'accepte, pour la couleur... Bien que ce ne soit pas très agréable d'être assimilé à un tas de ferraille, ce n'est pas particulièrement insultant. Je vais te dire ce que je cherche. Tu vas me répondre sans tenter de te défiler. Toi et tes sbires, vous avez massacré un de mes très vieux potes qui habite le quartier. Depuis, il essaie de recoller les morceaux de sa mémoire, à la Pitié, à deux pas d'ici... Sloga, André Sloga, ça te dit quelque chose ?

Il haussa les épaules.

— Je suis libraire... Bien sûr que je connais... On a tous ses livres en rayon...

Gabriel ferma son poing libre et en assena un redoutable coup sur l'oreille du commerçant qui vacilla.

— Je ne m'adresse pas au libraire. Je pose des questions au pote d'Astrapov, à celui de Jumel, de Somporc, de Kevin Kervan, de Tegret, de Thierry Bucar...

— Je ne comprends pas...

La pointe de la santiag se ficha dans le mollet du libraire. Il tituba et faillit tomber en se prenant les pieds dans son pantalon baissé.

— Je crois t'avoir déjà dit que je n'avais pas beaucoup de temps à perdre... Je sais que Sloga venait ici, qu'il a même participé à des soirées dédicaces... Je veux savoir qui a décidé de le faire passer à tabac, et surtout pourquoi !

Le commerçant choisit de rester silencieux. Gabriel saisit dans sa large main le premier volume de *L'Encyclopédie des droites françaises* et lui en flanqua un coup sur le crâne, puis il lui fouailla fortement les vertèbres avec l'embouchure de sa clef à pipe.

— Écoute, je suis décidé à te laisser dans le même état que tes copains ont laissé André Sloga au fond du parking de la rue Jeanne-d'Arc... En prime, je vais te coller une balle dans la colonne vertébrale. Pas trop haut pour ne pas toucher la moelle épinière… Juste là… Tu sens le canon de mon flingue ? Ça fera assez de dégâts pour t'envoyer sur une chaise roulante pour le restant de tes jours… Tu auras tout le temps de te souvenir de cette soirée, et de regretter de ne pas m'avoir parlé à temps…

Le libraire commença à fléchir.

— Mais qu'est-ce que vous voulez que je vous dise ! Je ne comprends pas où vous voulez en venir…

— Commençons tout d'abord par le plus facile… Qui s'est chargé de tabasser Sloga ?

— Je ne le sais pas exactement… Ce sont des types de la bande à Francis… Des skins…

— Eh bien voilà, j'ai l'impression que les massages du cuir chevelu te font le plus grand bien, que cela te stimule les neurones… Tu as rencontré Sloga dans ta boutique ?

— Oui… Il nous achetait pas mal de bouquins, depuis un an… Principalement des textes des années trente… Léon Daudet, Abel Bonnard, Robert Brasillach… Comme on venait de la même mouvance, l'anarchie, on l'a peu à peu intégré à notre groupe. On lui a présenté tous les jeunes écrivains qui partagent nos idées…

— Et c'est quoi vos idées ?

— Je ne suis pas en état de parler politique…

Une vrille à la clef à pipe lui en redonna le goût.

— Il y a une entente entre les forces capitalistes et les pseudo-organisations révolutionnaires pour gérer le monde… Pour nous, le verrou de ce partage réside dans le mensonge le plus absolu de tous les temps : la légende des chambres à gaz…

— Explique un peu… Je suis assez premier degré, je ne vois pas la liaison…

Le libraire trouva le courage de soupirer.

— L'Amérique et Israël peuvent perpétrer toutes les exactions possibles contre les peuples, on leur pardonne dès lors que le crime absolu, indépassable, est symbolisé par le prétendu génocide des Juifs… Tant que ce mirage ne sera pas dissipé, aucune révolution véritable ne verra le jour…

Un passant s'arrêta devant la devanture et cogna au carreau. Le libraire se mit à appeler à l'aide. Pour toute réponse, il reçut une manchette ajustée au creux de la nuque qui bloqua les cris dans sa glotte. Le badaud se lassa et poursuivit son chemin.

— Je t'avais dit de te tenir tranquille ! Ton discours est vraiment puant. Le problème c'est qu'il est inscrit noir sur blanc dans vos publications. Ce n'est pas parce que André Sloga l'avait entendu de vive voix qu'il a été matraqué à ce point… Il y a obligatoirement autre chose…

Gabriel dut, à nouveau, avoir recours à *L'Encyclopédie des droites françaises* pour débloquer le processus mémoriel du libraire qui abandonna définitivement toute forme de résistance.

— On avait totalement confiance en lui, on ne savait pas qu'il faisait de l'entrisme… On a commis l'erreur, lors d'une soirée, de l'inviter en même temps qu'une importante personnalité qui ne tient pas à faire connaître sa communauté d'idées avec nous… Quand on a appris qu'en fait, Sloga nous avait infiltrés, il n'y avait plus d'autre choix que de le faire taire…

— Si ce n'est pas indiscret, qui vous a mis la puce à l'oreille ?

— Un ami qui dirige la collection Bitume noir chez l'éditeur auquel Sloga avait proposé le résultat de son travail…

— Et l'importante personnalité, c'est qui ?

Le commerçant remua la tête, de droite à gauche ; puis inversement.

— C'est pas possible, ça je ne peux pas vous le dire…

Il se reprit une gigantesque claque sur la joue.

— Avant la croix, il y a douze stations… Je crois que tu n'as pas le choix…

Le nom fusa.

— C'est Jean Brienne…

Le cerveau de Gabriel Lecouvreur enregistra l'information. Il lui fallut plusieurs secondes pour qu'il en tire toutes les conclusions.

— Jean Brienne ! Le Brienne des dictionnaires ?

— Oui… Sloga avait prévu de tout révéler demain, au plus mauvais moment… On ne pouvait pas attendre…

— Demain ! En effet ! C'est demain… Maintenant je comprends tout…

Il prit le libraire par le col de sa chemise, le força à faire volte-face. Il lui montra la clef à pipe dans le même temps où il lui écrasait le foie d'un puissant direct. Le commerçant s'écroula pour le compte au milieu des sombres couvertures des Bonnard, Rebatet, Suarez, Brasillach, Carrel, Astrapov et de ses Jumel. Avant de sortir Gabriel prit un Charyn et un Vilar qui n'avaient rien à faire en cette compagnie, et laissa les Malet.

21

Un alphabet vert-de-gris

Gabriel avait sauté dans un taxi qui l'avait déposé à l'amorce du quai Sisley, à Villeneuve-la-Garenne. Il avait poursuivi à pied jusqu'à la péniche enfouie de Pedro, faisant gueuler tous les chiens du voisinage. Il lui avait expliqué le résultat de ses investigations, avant de lui donner le nom de celui qui, pour ne pas mettre sa carrière en danger, avait commandité l'agression d'André Sloga. Pedro s'était aussitôt mis au travail pour lui confectionner, dans la nuit, une identité complète de journaliste : passeport, carte professionnelle tricolore, mission délivrée par le magazine culturel japonais *Hori-Shimbun*, lettre d'accréditation auprès de l'Institut… En milieu de matinée, Boyard au bec, il l'avait conduit rue Popincourt où Cheryl l'avait rasé, coiffé, sous le regard enamouré du yorkshire de la stagiaire, puis après un repas léger au *Pied de Porc*, Pedro l'avait emmené jusqu'au Louvre, près de la pyramide transparente. Ils s'étaient approchés de la Seine à pied, et le faussaire militant montra au détective le dôme du bâtiment que, d'après ses souvenirs, Cocteau, sur la fin, décrivait platement comme la coque d'un vieux navire à l'ancre au bord du fleuve.

— Ils ne commencent jamais leurs intronisations avant quinze heures. Il vaut mieux que tu ne t'y pointes pas trop tôt, pour éviter qu'on te reconnaisse... Ensuite, quand tu es dans la place, tu te tiens peinard pendant une bonne demi-heure, et lorsque tu te décides, alors là, tu y vas franco. Tu respires un bon coup, tu lances ta tirade, et tu claques la gueule au premier qui tente de t'arrêter... N'aie pas peur, ces gens-là sont armés, mais ils n'ont pas l'habitude du courage physique...

Il le poussa d'une bourrade dans le dos.

— *¡Venceremos!*

Gabriel traversa la Seine par la passerelle des Arts et posa un pied déterminé sur le quai Conti. Il passa par la petite porte, à droite de l'entrée principale de la Coupole. Un détachement de la garde républicaine présentait les honneurs aux académiciens en grande tenue. Gabriel tendit son faux-vrai carton d'invitation et ses papiers d'accréditation à l'huissier qui lui accorda un numéro de place de couleur blanche. Il grimpa un escalier tarabiscoté dont chaque marche s'ornait d'un garde en grande tenue, reluqua les seins d'une statue déhanchée, puis il pénétra dans la salle en arc de cercle. Les membres du bureau de la confrérie s'installaient au perchoir, accompagnés par les roulements de tambour de la garde. Maurice Druon, secrétaire perpétuel de l'Académie française, se leva à quinze heures précises à la manière d'un automate rouillé. La voix aussi était encalminée.

— La séance est ouverte. La parole est à M. Jean Brienne pour la lecture de son remerciement.

Jean Brienne, en grand habit, l'épée au côté, qui avait pris place à l'avant-dernier rang de ceux réservés aux membres de la Compagnie, se leva. Plusieurs dizaines de photographes se pressèrent autour de lui pour immortaliser le futur académicien. Quand le tumulte se fut calmé, il chaussa ses lunettes et se mit en devoir de lire au micro la première page de l'hommage à Edgar Sanday dont la mort l'avait fait hériter du fauteuil. Il avait voulu faire drôle, pour débuter.

— La première chose dont je me souvienne en pensant à mon illustre prédécesseur, c'est à ce cheveu qu'il avait sur la langue, bien que son crâne en fût abondamment dégarni...

Gabriel patienta le premier quart d'heure en observant l'assistance. Il y avait là toutes les figures du monde médiatique et culturel, critiques acerbes côtoyant des éditeurs complaisants, antiques journalistes et nouveaux philosophes serrés les uns contre les autres, écrivains en quête de respectabilité, nègres littéraires contemplant le fruit de leur travail sur les faces épanouies des immortels... Gabriel attendit que Jean Brienne en eût terminé avec le parcours politique d'Edgar Sanday, pseudo sous lequel le prédécesseur de Brienne écrivait des romans policiers, et qu'il aborde sa calamiteuse œuvre littéraire. Il se dressa alors dans sa travée, bouscula une dizaine de personnes avant que les photographes ne s'aperçoivent du désordre naissant. Gabriel traversa la haie des officiels. On braquait les zooms, les flashs crépitaient, illuminant le détective quand il se figea devant l'académicien en herbe qui lisait toujours son rapport.

D'un geste impérial, il lui arracha les feuillets de son pensum. Michel Droit et Alain Peyrefitte, au bord de l'apoplexie, se portèrent au secours de leur futur collègue, mais Gabriel Lecouvreur les reçut comme Pedro avait voulu qu'ils le fussent. Une claque retentissante sur la joue de l'un en souvenir de mai 68, un coup de santiag dans l'entrejambe de l'autre, pour venger les éléphants d'Afrique. Gabriel empoigna l'impétrant par le col brodé de son habit vert et tenta de le traîner vers la sortie. Jean Brienne, au prix d'un effort grotesque, réussit à dégainer son épée d'apparat. Il se jeta sur son agresseur, la pointe étincelante en avant. Gabriel se contenta d'un simple mouvement des hanches, et le mousquetaire vint s'étaler à ses pieds.

Juste avant d'être maîtrisé par les gardes républicains accourus, Gabriel eut le temps de se saisir du micro sans fil de Jean Brienne. Il hurla tandis qu'on l'expulsait :

— Celui dont il faudrait prononcer l'éloge est bien vivant… Personne ici ne connaît son nom… Il s'appelle André Sloga… Il tente de retrouver le fil d'une mémoire que beaucoup trop d'entre nous ont perdue, à cause d'ordures comme Jean Brienne… Bon appétit, messieurs !

La police le boucla en cellule pendant quarante-huit heures pour faux et usage de faux, avec une inculpation à la clef. Chéryl n'était pas là pour le recevoir, rue Popincourt. Elle faisait des bouclettes à domicile, chez une vieille cliente impotente. Elle avait posé le courrier en évidence, sur la nappe décorée par le visage de Marilyn Monroe. Il jeta un œil aux enveloppes, ouvrit celle qui portait le tampon de *La Voix du Marais*. Fred Ledœunf, le journaliste de Fontenay-le-Comte, lui annonçait, de son écriture en pattes de mouche, qu'il venait de donner sa démission et que dans la foulée il quittait le métier. Gabriel approcha la lettre de ses yeux pour déchiffrer les caractères déformés :

« *La raison apparente de cette décision réside dans le fait que la gendarmerie de Bonvix vient d'arrêter l'assassin de Valérie Audiat, que sa culpabilité ne fait aucun doute. Il a tout avoué, fourni des détails que personne ne pouvait connaître, hormis le meurtrier. Un crime de sadique, de prédateur. Je me suis donc fourvoyé dans les grandes largeurs, et j'en tire les conséquences. Ce n'est pas que mon erreur. Par ma position, je l'ai fait partager à plusieurs milliers de mes lecteurs. En acceptant de me couler dans le moule, dès mon arrivée à* La Voix du Marais, *j'ai abdiqué tout esprit critique, je me suis aligné sur l'ordinaire, j'ai macéré dans le même jus que les bien-pensants. Il faut se rendre à l'évidence, Valérie avait choisi de se consacrer aux autres. Les toubibs, pharmaciens et vétérinaires du coin ont chopé leur maladie en toute indépendance physique, et le vieil Audiat est mort de chagrin, brisé par la calomnie. Je joins à ce courrier les procès-verbaux des aveux du tueur. Si vous pouviez les faire parvenir à André Sloga, afin qu'il modifie son manuscrit, ce serait un immense service que vous me rendriez…* »

Le Poulpe plia la lettre, la glissa dans sa poche puis quitta le salon de coiffure pour se rendre à l'hôpital de la Pitié.

22

Max, sur la place

Éloi, le sage du village, affirmait toujours que lorsque l'orage grondait sur la Bastide, la pluie épargnait Serviès. Elle allait arroser d'autres villages pourtant moins secs, loin du Val de Dagne. Les derniers touristes avaient quitté la région depuis deux bons mois. Les vendanges s'étaient achevées quelques semaines plus tôt, emplissant les cuves d'un vin que les anciens classaient déjà parmi les meilleurs de l'après-guerre.

Assis sous la tonnelle devant un pastis, Max savait que plus personne ne se souviendrait de ce coin perdu des Corbières avant le retour de l'été. Il allait mettre l'auberge familiale, *Chez Verdier*, en sommeil, et ne garder qu'une ou deux chambres apprêtées, pour un chasseur de sanglier ou un hypothétique représentant de commerce. Le disque de Plastic Bertrand grésilla dans les haut-parleurs, puis la voix de Jeannine se fraya un chemin au milieu des crépitements :

— Allô, allô, M. Jean-Claude Gibert, le boucher de Lagrasse, est arrivé sur la place… Aujourd'hui grand choix de viande de bœuf, de saucisses fraîches, de civet de biche au corbière… Allô, allô, le boucher de Lagrasse est arrivé sur la place…

Max ouvrit *L'Indépendant de Perpignan* que sa femme avait rapporté de la boulangerie, avec le pain. Il parcourut les informations locales, s'attarda sur la météo, puis son attention fut attirée par une photo, en page culture et spectacles. Il reconnut le vieil homme qui était venu passer trois semaines, en août de l'année précédente, et qui s'intéressait de près à la gloire locale, Joseph Delteil, dont une cuvée du village honorait le nom. Il appela sa femme qui se pencha sur son épaule.

— Je n'ai pas mes lunettes… Qu'est-ce qu'ils disent de lui ?

— Je ne l'aurais jamais cru tellement il était simple, M. Sloga, mais c'est un écrivain… Ils viennent de publier son dernier livre, aux Éditions Baleine… Il s'appelle *La Lune au Marais*…

— *La Lune au Marais* ! C'est quel genre ?

— D'après ce qui est écrit, ce serait une histoire d'amour tragique…

Le disque de Plastic Bertrand reprit du service, dans les haut-parleurs.

— Allô, allô, le poissonnier de Sigean est arrivé sur la place… Promotion sur les sardines… Allô, allô, le poissonnier de Sigean est arrivé sur la place…

Max se tourna vers sa femme.

— Ça me dirait bien des sardines, à midi… Et toi ?

— Oui, moi aussi, mais n'en prends pas trop

comme la dernière fois, c'est fragile comme poisson, ça ne vaut plus rien quand c'est congelé…

Elle s'éloigna alors que les premières gouttes frappaient la tonnelle, rien que pour contredire Éloi.

DU MÊME AUTEUR

Aux Éditions Gallimard

ITINÉRAIRE D'UN SALAUD ORDINAIRE, 2006.

RACONTEUR D'HISTOIRES, *nouvelles* (Folio, *n° 4112*).

Dans la collection Série Noire

MEURTRES POUR MÉMOIRE, *n° 1945* (Folio Policier, *n° 15*). Grand Prix de la littérature policière 1984 – Prix Paul Vaillant-Couturier 1984.

LE GÉANT INACHEVÉ, *n° 1956* (Folio Policier, *n° 71*). Prix 813 du Roman noir 1983.

LE DER DES DERS, *n° 1986* (Folio Policier, *n° 59*).

MÉTROPOLICE, *n° 2009* (Folio, *n° 2971*, et Folio Policier, *n° 86*).

LE BOURREAU ET SON DOUBLE, *n° 2061* (Folio Policier, *n° 42*).

LUMIÈRE NOIRE, *n° 2109* (Folio Policier, *n° 65*).

12, RUE MECKERT, *n° 2621* (Folio Policier, *n° 299*).

JE TUE IL..., *n° 2694* (Folio Policier, *n° 403*).

Dans « Page Blanche » et « Frontières »

À LOUER SANS COMMISSION.

LA COULEUR DU NOIR.

Dans « La bibliothèque Gallimard »

MEURTRES POUR MÉMOIRE. Dossier pédagogique par Marianne Genzling, *n° 35*.

Aux Éditions Denoël

LA MORT N'OUBLIE PERSONNE (Folio Policier, *n° 60*).

LE FACTEUR FATAL (Folio Policier, *nº 85*). Prix Populiste 1992.

ZAPPING (Folio, *nº 2558*). Prix Louis-Guilloux 1993.

EN MARGE (Folio, *nº 2765*).

UN CHÂTEAU EN BOHÊME (Folio Policier, *nº 84*).

MORT AU PREMIER TOUR (Folio Policier, *nº 34*).

PASSAGES D'ENFER (Folio, *nº 3350*).

Aux Éditions Manya

PLAY-BACK (Folio Policier, *nº 131*). Prix Mystère de la Critique 1986.

Aux Éditions Verdier

AUTRES LIEUX (Folio, *nº 4222*).

MAIN COURANTE (Folio, *nº 4222*).

LES FIGURANTS.

LE GOÛT DE LA VÉRITÉ.

CANNIBALE (Folio, *nº 3290*).

LA REPENTIE (Folio Policier, *nº 203*).

LE DERNIER GUÉRILLERO (Folio, *nº 4287*).

LA MORT EN DÉDICACE.

LE RETOUR D'ATAÏ (Folio, *nº 4329*).

CITÉS PERDUES.

Aux Éditions Julliard

HORS LIMITES (Folio, *nº 3205*).

Aux Éditions Baleine

NAZIS DANS LE MÉTRO (Folio Policier, *nº 446*).

ÉTHIQUE EN TOC (Librio, *nº 526*).

LA ROUTE DU ROM (Folio Policier, *nº 375*).

Aux Éditions Hoebecke

À NOUS LA VIE ! *Photographies de Willy Ronis.*

BELLEVILLE-MÉNILMONTANT. *Photographies de Willy Ronis.*

Aux Éditions Parole d'Aube

ÉCRIRE EN CONTRE, *entretiens.*

Aux Éditions Éden

LES CORPS RÂLENT (Librio, *n° 704*).

LES SORCIERS DE LA BESSÈDE (Librio, *n° 704*).

CEINTURE ROUGE.

Aux Éditions Syros

LA FÊTE DES MÈRES.

LE CHAT DE TIGALI.

Aux Éditions Flammarion

LA PAPILLONNE DE TOUTES LES COULEURS.

Aux Éditions Rue du Monde

IL FAUT DÉSOBÉIR.

UN VIOLON DANS LA NUIT.

VIVA LA LIBERTÉ.

L'ENFANT DU ZOO.

Aux Éditions Casterman

LE DER DES DERS. *Dessins de Jacques Tardi.*

Aux Éditions L'Association

VARLOT SOLDAT. *Dessins de Jacques Tardi.*

Aux Éditions Bérénice

LA PAGE CORNÉE. *Dessins de Mako.*

Aux Éditions Hors Collection

HORS LIMITES. *Dessins d'Assaf Hanuka.*

Aux Éditions EP

CARTON JAUNE. *Dessins d'Assaf Hanuka.*

LE TRAIN DES OUBLIÉS. *Dessins de Mako.*

L'ORIGINE DU NOUVEAU MONDE. *Dessins de Mako.*

TEXAS ROMANCE. *Dessins de Mako.* (À paraître.)

Aux Éditions Liber Niger

CORVÉE DE BOIS. *Dessins de Tignous.*

Aux Éditions Terre de Brume

LE CRIME DE SAINTE-ADRESSE. *Photos de Cyrille Derouineau.*

Aux Éditions Nuit Myrtide

AIR CONDITIONNÉ. *Dessins de Mako.*

Aux Éditions La Branche

ON ACHÈVE BIEN LES DISC-JOCKEYS.

COLLECTION FOLIO POLICIER

Dernières parutions

160. Georges Simenon — *Le rapport du gendarme*
161. Stéphanie Benson — *Une chauve-souris dans le grenier*
162. Pierre Siniac — *Reflets changeants sur mare de sang*
163. Nick Tosches — *La religion des ratés*
164. Frédéric H. Fajardie — *Après la pluie*
165. Matti Y. Joensuu — *Harjunpää et le fils du policier*
166. Yasmina Khadra — *L'automne des chimères*
167. Georges Simenon — *La Marie du Port*
168. Jean-Jacques Reboux — *Fondu au noir*
169. Dashiell Hammett — *Le sac de Couffignal*
170. Sébastien Japrisot — *Adieu l'ami*
171. A.D.G. — *Notre frère qui êtes odieux...*
172. William Hjortsberg — *Nevermore*
173. Gérard Delteil — *Riot gun*
174. Craig Holden — *Route pour l'enfer*
175. Nick Tosches — *Trinités*
176. Frederic H. Fajardie — *Clause de style*
177. Alain Page — *Tchao pantin*
178. Harry Crews — *La foire aux serpents*
179. Stéphanie Benson — *Un singe sur le dos*
180. Lawrence Block — *Un danse aux abattoirs*
181. Georges Simenon — *Les sœurs Lacroix*
182. Georges Simenon — *Le cheval Blanc*
183. Albert Simonin — *Touchez pas au grisbi !*
184. Jean-Bernard Pouy — *Suzanne et les ringards*
185. Pierre Siniac — *Les monte-en-l'air sont là !*
186. Robert Stone — *Les guerriers de l'enfer*
187. Sylvie Granotier — *Sueurs chaudes*
188. Boileau-Narcejac — *Et mon tout est un homme*
189. A.D.G. — *On n'est pas des chiens*
190. Jean Amila — *Le boucher des Hurlus*
191. Robert Sims Reid — *Cupide*
192. Max Allan Collins — *La mort est sans remède*
193. Jean-Bernard Pouy — *Larchmütz 5632*

194. Jean-Claude Izzo *Total Khéops*
195. Jean-Claude Izzo *Chourmo*
196. Jean-Claude Izzo *Solea*
197. Tom Topor *L'orchestre des ombres*
198. Pierre Magnan *Le tombeau d'Helios*
199. Thierry Jonquet *Le secret du rabbin*
200. Robert Littell *Le fil rouge*
201. Georges Simenon *L'aîné des Ferchaux*
202. Patrick Raynal *Le marionnettiste*
203. Didier Daeninckx *La repentie*
205. Charles Williams *Le pigeon*
206. Francisco González Ledesma *Les rues de Barcelone*
207. Boileau-Narcejac *Les louves*
208. Charles Williams *Aux urnes, les ploucs !*
209. Larry Brown *Joe*
210. Pierre Pelot *L'été en pente douce*
211. Georges Simenon *Il pleut bergère...*
212. Thierry Jonquet *Moloch*
213. Georges Simenon *La mauvaise étoile*
214. Philip Lee Williams *Coup de chaud*
215. Don Winslow *Cirque à Piccadilly*
216. Boileau-Narcejac *Manigances*
217. Oppel *Pirana matador*
218. Yvonne Besson *Meurtres à l'antique*
219. Michael Dibdin *Derniers feux*
220. Norman Spinrad *En direct*
221. Charles Williams *Avec un élastique*
222. James Crumley *Le canard siffleur mexicain*
223. Henry Farrell *Une belle fille comme moi*
224. David Goodis *Tirez sur le pianiste !*
225. William Irish *La sirène du Mississippi*
226. William Irish *La mariée était en noir*
227. José Giovanni *Le trou*
228. Jerome Charyn *Kermesse à Manhattan*
229. A.D.G. *Les trois Badours*
230. Paul Clément *Je tue à la campagne*
231. Pierre Magnan *Le parme convient à Laviolette*
232. Max Allan Collins *La course au sac*
233. Jerry Oster *Affaires privées*
234. Jean-Bernard Pouy *Nous avons brûlé une sainte*
235. Georges Simenon *La veuve Couderc*
236. Peter Loughran *Londres Express*

237.	Ian Fleming	*Les diamants sont éternels*
238.	Ian Fleming	*Moonraker*
239.	Wilfrid Simon	*La passagère clandestine*
240.	Edmond Naughton	*Oh ! collègue*
241.	Chris Offutt	*Kentucky Straight*
242.	Ed McBain	*Coup de chaleur*
243.	Raymond Chandler	*Le jade du mandarin*
244.	David Goodis	*Les pieds dans les nuages*
245.	Chester Himes	*Couché dans le pain*
246.	Élisabeth Stromme	*Gangraine*
247.	Georges Simenon	*Chemin sans issue*
248.	Paul Borelli	*L'ombre du chat*
249.	Larry Brown	*Sale boulot*
250.	Michel Crespy	*Chasseurs de tête*
251.	Dashiell Hammett	*Papier tue-mouches*
252.	Max Allan Collins	*Mirage de sang*
253.	Thierry Chevillard	*The Bad Leitmotiv*
254.	Stéphanie Benson	*Le loup dans la lune bleue*
255.	Jérome Charyn	*Zyeux-bleus*
256.	Jim Thompson	*Le lien conjugal*
257.	Jean-Patrick Manchette	*Ô dingos, ô châteaux !*
258.	Jim Thompson	*Le démon dans ma peau*
259.	Robert Sabbag	*Cocaïne blues*
260.	Ian Rankin	*Causes mortelles*
261.	Ed McBain	*Nid de poulets*
262.	Chantal Pelletier	*Le chant du bouc*
263.	Gérard Delteil	*La confiance règne*
264.	François Barcelo	*Cadavres*
265.	David Goodis	*Cauchemar*
266.	John D. MacDonald	*Strip-tilt*
267.	Patrick Raynal	*Fenêtre sur femmes*
268.	Jim Thompson	*Des cliques et des cloaques*
269.	Lawrence Block	*Huit millions de façons de mourir*
270.	Joseph Bialot	*Babel-Ville*
271.	Charles Williams	*Celle qu'on montre du doigt*
272.	Charles Williams	*Mieux vaut courir*
273.	Ed McBain	*Branle-bas au 87*
274.	Don Tracy	*Neiges d'antan*
275.	Michel Embareck	*Dans la seringue*
276.	Ian Rankin	*Ainsi saigne-t-il*
277.	Bill Pronzini	*Le crime de John Faith*
278.	Marc Behm	*La Vierge de Glace*
279.	James Eastwood	*La femme à abattre*

280.	Georg Klein	*Libidissi*
281.	William Irish	*J'ai vu rouge*
282.	David Goodis	*Vendredi 13*
283.	Chester Himes	*Il pleut des coups durs*
284.	Guillaume Nicloux	*Zoocity*
285.	Lakhdar Belaïd	*Sérail killers*
286.	Caryl Férey	*Haka*
287.	Thierry Jonquet	*Le manoir des immortelles*
288.	Georges Simenon	*Oncle Charles s'est enfermé*
289.	Georges Simenon	*45° à l'ombre*
290.	James M. Cain	*Assurance sur la mort*
291.	Nicholas Blincoe	*Acid Queen*
292.	Robin Cook	*Comment vivent les morts*
293.	Ian Rankin	*L'ombre du tueur*
294.	François Joly	*Be-bop à Lola*
295.	Patrick Raynal	*Arrêt d'urgence*
296.	Craig Smith	*Dame qui pique*
297.	Bernhard Schlink	*Un hiver à Mannheim*
298.	Francisco González Ledesma	*Le dossier Barcelone*
299.	Didier Daeninckx	*12, rue Meckert*
300.	Dashiell Hammett	*Le grand braquage*
301.	Dan Simmons	*Vengeance*
302.	Michel Steiner	*Mainmorte*
303.	Charles Williams	*Une femme là-dessous*
304.	Marvin Albert	*Un démon au paradis*
305.	Fredric Brown	*La belle et la bête*
306.	Charles Williams	*Calme blanc*
307.	Thierry Crifo	*La ballade de Kouski*
308.	José Giovanni	*Le deuxième souffle*
309.	Jean Amila	*La lune d'Omaha*
310.	Kem Nunn	*Surf City*
311.	Matti Y. Joensuu	*Harjunpäa et l'homme-oiseau*
312.	Charles Williams	*Fantasia chez les ploucs*
313.	Larry Beinhart	*Reality show*
315.	Michel Steiner	*Petites morts dans un hôpital psychiatrique de campagne*
316.	P.J. Wolfson	*À nos amours*
317.	Charles Williams	*L'ange du foyer*
318.	Pierre Rey	*L'ombre du paradis*
320.	Carlene Thompson	*Ne ferme pas les yeux*
321.	Georges Simenon	*Les suicidés*
322.	Alexandre Dumal	*En deux temps, trois mouvements*

323.	Henry Porter	*Une vie d'espion*
324.	Dan Simmons	*L'épée de Darwin*
325.	Colin Thibert	*Noël au balcon*
326.	Russel Greenan	*La reine d'Amérique*
327.	Chuck Palahniuk	*Survivant*
328.	Jean-Bernard Pouy	*Les roubignoles du destin*
329.	Otto Friedrich	*Le concasseur*
330.	François Muratet	*Le Pied-Rouge*
331.	Ridley Pearson	*Meurtres à grande vitesse*
332.	Gunnar Staalesen	*Le loup dans la bergerie*
333.	James Crumley	*La contrée finale*
334.	Matti Y. Joensuu	*Harjunpää et les lois de l'amour*
335.	Sophie Loubière	*Dernier parking avant la plage*
336.	Alessandro Perissinotto	*La chanson de Colombano*
337.	Christian Roux	*Braquages*
338.	Gunnar Staalesen	*Pour le meilleur et pour le pire*
339.	Georges Simenon	*Le fils Cardinaud*
340.	Tonino Benacquista	*Quatre romans noirs*
341.	Richard Matheson	*Les seins de glace*
342.	Daniel Berkowicz	*La dernière peut-être*
343.	Georges Simenon	*Le blanc à lunettes*
344.	Graham Hurley	*Disparu en mer*
345.	Bernard Mathieu	*Zé*
346.	Ian Rankin	*Le jardin des pendus*
347.	John Farris	*Furie*
348.	Carlene Thompson	*Depuis que tu es partie*
349.	Luna Satie	*À la recherche de Rita Kemper*
350.	Kem Nunn	*La reine de Pomona*
351.	Chester Himes	*Dare-dare*
352.	Joe R. Lansdale	*L'arbre à bouteilles*
353.	Peppe Ferrandino	*Le respect*
354.	Davis Grubb	*La nuit du chasseur*
355.	Georges Simenon	*Les Pitard*
356.	Donald Goines	*L'accro*
357.	Colin Bateman	*La bicyclette de la violence*
358.	Staffan Westerlund	*L'institut de recherches*
359.	Matilde Asensi	*Iacobus*
360.	Henry Porter	*Nom de code : Axiom Day*
361.	Colin Thibert	*Royal Cambouis*
362.	Gunnar Staalesen	*La Belle dormit cent ans*
363.	Don Winslow	*À contre-courant du Grand Toboggan*
364.	Joe R. Lansdale	*Bad Chili*

365. Christopher Moore	*Un blues de coyote*
366. Joe Nesbø	*L'homme chauve-souris*
367. Jean-Bernard Pouy	*H4Blues*
368. Arkadi et Gueorgui Vaïner	*L'Évangile du bourreau*
369. Staffan Westerlund	*Chant pour Jenny*
370. Chuck Palahniuk	*Choke*
371. Dan Simmons	*Revanche*
372. Charles Williams	*La mare aux diams*
373. Don Winslow	*Au plus bas des Hautes Solitudes*
374. Lalie Walker	*Pour toutes les fois*
375. Didier Daeninckx	*La route du Rom*
376. Yasmina Khadra	*La part du mort*
377. Boston Teran	*Satan dans le désert*
378. Giorgio Todde	*L'état des âmes*
379. Patrick Pécherot	*Tiuraï*
380. Henri Joseph	*Le paradis des dinosaures*
381. Jean-Bernard Pouy	*La chasse au tatou dans la pampa argentine*
382. Jean-Patrick Manchette	*La Princesse du sang*
383. Dashiell Hammett	*L'introuvable*
384. Georges Simenon	*Touriste de bananes*
385. Georges Simenon	*Les noces de Poitiers*
386. Carlene Thompson	*Présumée coupable*
387. John Farris	*Terreur*
388. Manchette-Bastid	*Laissez bronzer les cadavres !*
389. Graham Hurley	*Coups sur coups*
390. Thierry Jonquet	*Comedia*
391. George P. Pelecanos	*Le chien qui vendait des chaussures*
392. Ian Rankin	*La mort dans l'âme*
393. Ken Bruen	*R&B. Le gros coup*
394. Philip McLaren	*Tueur d'aborigènes*
395. Eddie Little	*Encore un jour au paradis*
396. Jean Amila	*Jusqu'à plus soif*
397. Georges Simenon	*L'évadé*
398. Georges Simenon	*Les sept minutes*
399. Leif Davidsen	*La femme de Bratislava*
400. Batya Gour	*Meurtre sur la route de Bethléem*
401. Lamaison-Sophocle	*Œdipe roi*
402. Chantal Pelletier	*Éros et Thalasso*
403. Didier Daeninckx	*Je tue il...*
404. Thierry Jonquet	*Du passé faisons table rase*

405.	Patrick Pécherot	*Les brouillards de la Butte*
406.	Romain Slocombe	*Un été japonais*
407.	Joe R. Lansdale	*Les marécages*
408.	William Lashner	*Vice de forme*
409.	Gunnar Staalesen	*La femme dans le frigo*
410.	Franz-Olivier Giesbert	*L'abatteur*
411.	James Crumley	*Le dernier baiser*
412.	Chuck Palahniuk	*Berceuse*
413.	Christine Adamo	*Requiem pour un poisson*
414.	James Crumley	*Fausse piste*
415.	Cesare Battisti	*Les habits d'ombre*
416.	Cesare Battisti	*Buena onda*
417.	Ken Bruen	*Delirium tremens*
418.	Jo Nesbo	*Les cafards*
419.	Batya Gour	*Meurtre au Kibboutz*
420.	Jean-Claude Izzo	*La trilogie Fabio Montale*
421.	Douglas Kennedy	*Cul-de-sac*
422.	Franco Mimmi	*Notre agent en Judée*
423.	Caryl Férey	*Plutôt crever*
424.	Carlene Thompson	*Si elle devait mourir*
425.	Laurent Martin	*L'ivresse des dieux*
426.	Georges Simenon	*Quartier nègre*
427.	Jean Vautrin	*À bulletins rouges*
428.	René Fregni	*Lettre à mes tueurs*
429.	Lalie Walker	*Portées disparues*
430.	John Farris	*Pouvoir*
431.	Graham Hurley	*Les anges brisés de Somerstown*
432.	Christopher Moore	*Le lézard lubrique de Melancholy Cove*
433.	Dan Simmons	*Une balle dans la tête*
434.	Franz Bartelt	*Le jardin du Bossu*
435.	Reiner Sowa	*L'ombre de la Napola*
436.	Giorgio Todde	*La peur et la chair*
437.	Boston Teran	*Discovery Bay*
438.	Bernhard Schlink	*Le nœud gordien*
439.	Joseph Bialot	*Route Story*
440.	Martina Cole	*Sans visage*
441.	Thomas Sanchez	*American Zazou*
442.	Georges Simenon	*Les clients d'Avrenos*
443.	Georges Simenon	*La maison des sept jeunes filles*
444.	J.-P. Manchette & B.-J. Sussman	*L'homme au boulet rouge*
445.	Gerald Petievich	*La sentinelle*

Composition Interligne
Impression Novoprint
le 15 décembre 2006
Dépôt légal : décembre 2006

ISBN 978-2-07-034172-6/Imprimé en Espagne.

145997